Anima fatua

ANNA LIDIA VEGA SEROVA

Anima fatua

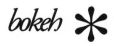

© Anna Lidia Vega Serova, 2018
© Fotografía de cubierta: W Pérez Cino, 2018
© Bokeh, 2018
  Leiden, NEDERLAND
  www.bokehpress.com

ISBN 978-94-91515-34-7

Allá arriba
las nubes de mi infancia sobreviven.

L. R. Nogueras

Tendrás que ver en tu vida muchas velas, pero
no rojas, sino sucias y rapaces, engalanadas
y blancas a lo lejos, pero rotas e insolentes
de cerca.

Alexandr Grin

I.

Leningrado (ahora San Petersburgo) es una ciudad de puentes. La mandó a construir Pedro: el zar de las innovaciones, el Primero; mandó a construir una ciudad en un pantano y a cortarles las barbas a sus súbditos. Quería abrirle a Rusia una ventana hacia Europa. Mandó a cortar barbas y hablar en francés y a construir una capital en un pantano para abrir una ventana. Leningrado es una ciudad gris con toda la magnitud y magnanimidad del gris, con toda la magia de su perfume. Leningrado huele a madera húmeda y sudor frío y a una locura antigua, museable. Leningrado es una ciudad de museos y locos, mar, parques y noches blancas, habitada por viejos abandonados, pintores, marineros en retiro, enamorados y mujeres solas.

Ella era una mujer sola, muy joven y romántica; le gustaban las películas trágicas con finales felices y los vinos dulces, le gustaba caminar por Leningrado sin rumbo, detenerse en el medio de cualquier puente, mirar el agua negra del Neva sobre la que trazan figuras serpenteantes las luces reflejadas de la ciudad. Ella era joven, pura y muy feliz, aunque creía lo contrario y lloraba por las noches, con la cara hundida en la almohada, y le pedía a Dios –un Dios muy particular suyo– que cambiara su destino. Esperaba de la vida sensaciones fuertes, grandes pasiones, cambios, cambios. Ella era joven, común, y era mi madre, aunque todavía no lo sabía.

Un día en el comedor de la Universidad se dio cuenta de que un hombre la miraba fijamente, o quizá fue cualquiera de sus compañeras la que se lo hizo notar: «Mira aquel cómo te mira». Estoy segura de que algo se le removió por dentro, algo se volcó. ¿Presentimiento? En cualquier caso, se pasaron mucho tiempo mirándose sólo de lejos: él intensamente, sin tregua;

ella rápido, leve, apenas. ¿Tenía miedo? Indudablemente, le temía. No era un hombre común; al menos, no para ella: era un hombre negro. En la oscuridad, por las noches, creía sentirlo dondequiera, confundirlo con las sombras, percibirlo cerca. Un hombre de piel oscura, como el poeta de sus sueños más adolescentes, como su Poeta: negro. Luego se daría cuenta de que sólo era mulato, bastante claro, por cierto; como Pushkin: sólo mulato. Volvió a releer los tres tomos de encuadernación gastada, moviendo los delgados labios: «No cantes, bella, ante mí / las tristes canciones de Georgia: / me traen ellas recuerdos / de otra vida y la playa lejana...». Volvió a llorar de felicidad pensando que era de tristeza.

El resto fue vertiginoso. Saciado de mirarla de lejos, él se le acercó impetuoso y en un horrible ruso le propuso matrimonio. Ella aceptó casi mecánicamente. Era el mes de las noches blancas: noches insomnes, cuando de día y de noche es de día, y los enamorados pueblan los puentes de la ciudad-ventana. Esta vez la ventana se abría más allá de Europa.

Aquella noche bailaron (él bailaba muy bien, ella se dejaba llevar muy bien); y luego, en un parque de abedules, él la besó (él besaba muy bien, ella se dejaba llevar muy bien). Se llamaba Pedro y era zar. Su zar. Tenía la piel oscura, unos labios gruesos y suaves, unos ojos verdes, las pestañas larguísimas, y un olor exótico a «la playa lejana». «Pushkin», confesó ella. La noche siguiente, tan clara como la anterior, llevó a la cita el primer tomo de su Poeta. Cuando leyó el último verso del último tomo, se casaron. He visto la foto: ella, tan blanca, vestida de blanco; él, oscuro, de traje oscuro, intercambiando un beso.

Exactamente a los nueve meses nací yo.

Era febrero: el último día de febrero, el último día del invierno, y cuentan que hacía un frío espantoso. El viento partía las ramas desnudas de los árboles y la nevada tapaba la vista como si fuera una neblina espesa y móvil. Nadie en la calle, cero tráfico, los cafés vacíos. Pero Pedro no sentía las minúsculas partículas de hielo que, como agujas, se clavaban en sus ojos y mejillas y labios. Sudaba, abrazando el ramo de claveles como quién abraza la tabla de salvación. Una enfermera misericordiosa por fin tuvo piedad, y tapándose con un chal entreabrió la puerta, por la que inmediatamente entró al vestíbulo del hospital una ráfaga de viento arrastrando montañas de nieve.

—Es niña —pronunció sin pausas—, es preciosa, las dos están bien, vaya, descanse, no se aceptan flores —y cerró de golpe.

Las lágrimas se le helaron en las pestañas; cada una de sus larguísimas pestañas estaba cubierta de escarcha.

Era mi padre.

Ya lo sabía.

I.

El primer amor de mi vida se llamaba Malena. La conocí a los tres años de edad, y es el primer recuerdo consciente que tengo. Acababa de llegar de Rusia, el país de mi madre, a Cuba, país de mi padre. En el aeropuerto él me habló de una sorpresa, una casa, dijo, una casa nueva, una casa nuestra. Subimos por la estrecha y empinada escalera a un tercer piso, se abrió la puerta, entré. Avanzaba y parecía no acabar jamás. Mis padres a mi espalda hacían comentarios con las voces cargadas de emoción. Avanzaba, avanzaba, un espacio sucedía al otro, habitación, pasillo, habitación, pasillo, puertas y más puertas. Era una larga casa. Al final de la larga casa, un largo patio. Tendederas y al fondo, un columpio. «¿Te gusta?», preguntó él. Sus ojos brillaban. No supe responder. «Hay una niña de tu edad, vive aquí abajo, se llama Malena». «¡Llévame!». Mi siguiente recuerdo somos Malena y yo, persiguiéndonos en cuatro patas a todo lo largo del apartamento, ladrando y maullando. Creo que yo era el gato y ella el perro, aunque pudo haber sido al revés.

No hablábamos: yo no conocía su idioma. Como los jimaguas, creamos nuestro propio lenguaje, uno donde las palabras sobraban. Pasábamos los días juntas, y costaba trabajo separarnos por las noches. Cuando aprendí el español, hice saber a todos que Malena era mi hermana. Es difícil encontrar dos niñas menos parecidas: ella, rubia de ojos pardos; yo, trigueña de ojos azules. Pero exigí que mis vestidos fueran exactamente iguales a los suyos, que me compraran los mismos juguetes, me hicieran los mismos peinados, me prepararan la misma comida; de hecho, casi siempre comíamos juntas, ya sea en su casa o en la mía. E íbamos al mismo círculo infantil.

Cuenta mi madre que yo era una niña líder y, como líder, una niña tirana. Cuenta mi madre que yo construía un caminito de piezas y obligaba a cada uno de mis compañeros a pasar por él. El que no obedecía sabía que le esperaba una paliza despiadada. La única que se salvaba era Malena; es decir, de las palizas en público. Porque por alguna inexplicable razón, yo me pasaba la vida golpeándola, pellizcándola, mordiéndola, hincándola con todo tipo de objetos. Su piel estaba llena de moretones y rasguños. La amaba tan intensamente que a menudo acercaba mi cara a la suya, y murmuraba: «Te voy a sacar los ojos. Y después de sacarte los ojos, me los voy a comer. Y después te voy a cortar las orejas y también me las voy a comer…» —y así por el estilo. Ella nunca lloró, ni se quejó a nadie. De un modo menos violento y apasionado, ella también me amaba.

A la hora de dormir, en nuestro círculo nos acostaban en el piso, ella siempre a mi lado, y yo observaba cómo cerraba los ojos, cómo se entreabría su boca, cómo su respiración se hacía más rítmica y profunda. Entonces respiraba, buscando que nuestras inhalaciones y exhalaciones coincidieran al máximo. A veces no soportaba tanta fusión, y le daba un brusco pellizco en un brazo o en una pierna, y ella abría los ojos, primero aterrada, y luego sonreía. «Duerme», murmuraba. Nunca se viró para el otro lado.

Por las tardes, después de bañarnos y vestirnos con batas limpias e idénticas, nuestras madres nos soltaban a darle una vuelta a la manzana. Vivíamos en el barrio de Santos Suárez, lleno de jardines y parques. Caminábamos lentamente tomadas de las manos, y yo me detenía a cada paso para robar una flor de algún rosal exuberante, y de regreso Malena traía ramos enormes, que le entregaba a la abuela para que se los pusiera en vasos de aluminio al lado de la cama.

Otras tardes, cuando no nos dejaban bajar por fiebre o dolor de garganta (siempre nos daban fiebres y dolores de garganta al mismo tiempo), atravesábamos los espacios de mi casa hasta el patio y montábamos el columpio. En realidad, era ella la que se mecía, yo la empujaba por detrás, despacio, para que no se lastimara. Ella se molestaba: quería volar. «Es así como quiero que me empujes», dijo un día en que me convenció de montarme. Empujó. El impulso fue tal que salí disparada y caí de frente sobre el suelo. Me rompí la boca. No recuerdo haber llorado, lo que recuerdo es el sabor de la sangre, su olor, y las manos de ella limpiándomela, y sus lágrimas. Más tarde uno de los dientes superiores se me ennegreció, hasta que lo mudé. Todavía mi madre debe guardar dos o tres fotos mías con aquel diente oscuro en mi sonrisa.

Al comenzar en la escuela descubrí la ventaja de ser «rusa». Todos los varones querían ser novios míos. Ser novios significaba que me llevaran la maleta, y se sentaran a mi lado, y me dejaran copiar las tareas a cambio de un besito en la mejilla de saludo, y otro de despedida. Yo impuse una regla: tenían que llevarle la maleta a Malena también, dejarle copiar las tareas y soportarla sentada a mi lado. Y tampoco ella tenía porqué estar besándolos; sólo yo. Tuvimos varios novios: los mismos para las dos. A ella, por su lado, nunca le habría permitido tenerlo si se le hubiese ocurrido, pero jamás se le ocurrió. Tampoco tuvo amigos aparte de mí.

En el mismo edificio de nuestro círculo infantil había un teatro guiñol, y a veces nos llevaban a alguna función especial. Generalmente, antes del comienzo, se hacían juegos con los niños, nos proponían cantar o recitar algún poema. Yo me sabía muchas canciones en ruso y no perdía la oportunidad de sobresalir. Los actores me conocían y, ya estando en la escuela, a menudo pasaba a saludarlos y conversar de cualquier cosa. Me creía muy precoz, casi a su altura. Al final, siempre me pedían que les cantara «Ochi chorniye» o «Katiusha», cosa que hacía gustosa con mi débil voz desafinada. Los actores aplaudían, y yo me hinchaba de satisfacción. Estaba convencida que de grande trabajaría con su grupo, siempre como protagónica, claro.

Tengo muy pocos recuerdos de aquella época sobre mis padres. Los veía como seres muy ajenos, a pesar de que se comportaban como buenos y afectuosos progenitores. Me sacaban a pasear los fines de semana, y algunas noches muy especiales, al ballet. Me fascinaba el ballet. Miraba al escenario donde volaban todas esas criaturas etéreas y no comprendía por qué estaba allí, del lado de los espectadores, si mi lugar era junto a ellos, entre la magia de la música y las luces. En casa me echaba gruesas capas de talco, lo mismo a Malena —las bailarinas eran tan pálidas—, nos envolvíamos en mosquiteros y encajes, e intentábamos volar; pero Malena, que nunca había ido al teatro, no comprendía bien lo que yo quería de ella, y yo de etérea no tenía nada. Ya por esa época era gorda, usaba aparatos con ligas en las piernas para corregir no sé qué defecto ortopédico, y espejuelos; en fin, lo único que faltó fue el corrector dental, y eso tal vez porque nunca encontraron a un dentista loco que me llenara la boca de hierros.

Alrededor de mis nueve años ellos se divorciaron. Ya entonces estaba nacido mi hermano menor, una criatura insoportable y llorosa por la que yo no sentía ni la menor emoción. Mi madre se pasaba los días llorando, mi padre se había ido de la casa y venía sólo de vez en vez para discutir con ella en susurros y a su partida ella lloraba aun más, mi hermano lloraba aun más, y yo escapaba a casa de Malena. Nada importaba fuera de ella, nada existía realmente fuera del mundo que habíamos creado entre las dos, para las dos.

Una mañana cualquiera mi madre me anunció que nos trasladábamos a Rusia. Caí en un estado de anulación total, el mismo estado que a partir de entonces caracterizaría los momentos decisivos de mi vida. Enmudezco, pierdo todo tipo de voluntad, me quedo en blanco. Las grandes conmociones surten en mí un efecto fulminante.

No sé cómo fueron aquellos últimos días míos en Cuba. Recuerdo a Malena frente a mí. «Despídanse», dice mi madre, o tal vez fue la suya, o cualquier otra gente. Nos miramos. «Dénse un abrazo, como buenas amiguitas que son». Nos miramos, nos miramos. «Anden, un besito y ya está…». Nos miramos. Alguien me arrastra hacia el carro. Camino como los cangrejos, de lado, con los ojos en lo profundo de ella, con sus ojos dentro de mí.

2.

Fue un largo viaje en barco. Un viaje largo y aburrido: rodeados siempre del mismo mar. Yo pasaba mucho tiempo en cubierta, y los marineros, que al principio intentaban sacarme conversación o hacerme gracias, terminaron dejándome en paz, chocando inevitablemente con mi insensible silencio. Pasaban a mi lado, comentando en su idioma y riendo. Sospecho que reían de mí, pero me importaba bien poco. Mi madre volcaba toda su atención en mi hermano, cosa que no me molestaba en absoluto. Cuando no estaba mirando el mar o vagando por el laberinto de niveles y escaleras, pasillos y espacios, me arrinconaba en el sofá de nuestro camarote, para recortar con una tijerita de uñas figuras de periódicos viejos.

–¿Qué recortas? –preguntó ella una vez.

–No sé.

–Mírame, te estoy hablando.

Seguí recortando.

–¡Te exijo que me mires!

Levanté la cabeza. Vi su cara, envejecida prematuramente, su fino y escaso pelo recogido en un moño, sus pálidas pecas y pálidos labios. La miré, pero ella desvió la vista.

–Tu hermana es una niña mala –le decía a su hijo meciéndolo sobre las rodillas–. Tú eres un niño bueno, de buenos sentimientos y tu hermana es como las víboras: dañina, perversa…

Difícilmente el niño comprendía lo que ella quería decirle.

Ya por aquellos días se me ocurrió pensar que mi madre no era mi madre, mi hermano no era mi hermano, y yo no era yo. Se trataba de un sueño, de vivir en un sueño, y muchas veces deseé tirarme tras la borda, pero recordaba a tiempo que en sueños nadie se hunde. Miraba el mar, el cielo, y me entretenía observando una especie de pompa de jabón que aparecía en la esquina superior izquierda de mi vista, bajaba lentamente, y volvía a aparecer en lo alto. Debía ser algún efecto óptico. También veía peces voladores saltar del agua y trazar con sus cuerpos figuras en el aire, aunque podía ser otro efecto óptico.

El día que arribamos por fin a las costas de la famosa Rusia, me alegré de poder alejarme del mar; era demasiado ficticio, creía yo, demasiado irreal. No sabía que me había quedado dormida en el fondo color esmeralda, entre peces y burbujas.

2.

Era agosto, y los manzanos estaban cargados de frutas, y las lluvias eran calientes y cortas, y el aire olía a miel, a pan, a flores rojas y salvajes. Una mujer abraza a otra mujer, y las dos lloran. Al lado de las maletas, dos niños mudos oyen palabras desconocidas, y miran a dos mujeres llorar. Hay moscas, y el varón, el más pequeño, las espanta con pereza. La mayor, la hembra, no las siente. Dos niños mudos de caras largas, rodeados de moscas y maletas, esperan, indiferentes, a que dos mujeres sacien las lágrimas. Era agosto y era Rusia.

La casa de la abuela era la última en la única calle. Luego comenzaba una extraña construcción rodeada por un muro impenetrable. Entre la casa y el muro, un estrecho trillo de barro y piedras llevaba loma abajo hacia el río. Cuando llovía, el trillo se convertía en arroyo, y no se podía ir a la orilla: las resbalosas piedras y la fuerza del torrente lo impedían. Entonces, ella se paraba pegada al cerco con sus barcos de papel, y los soltaba uno tras otro para verlos naufragar. Había cierto placer en volver y volver a soltar los cuerpos blancos de los barcos en el chorro barroso hasta que se hundiesen chocando con piedras, ramas, basura, arrastrados a la nada.

En la orilla crecían enormes hierbas que recordaban paraguas. Era un bosque de paraguas en el fango entre ranas y sanguijuelas. La orilla mágica era la otra, pero totalmente inalcanzable. Por la otra orilla pasaba el tren.

Ella lo sentía llegar en el medio del pecho y, como poseída, se escabullía entre los regaños de la abuela trillo abajo, levantando un fino polvo con las sandalias. Frenaba agarrándose de los jugosos tallos de los paraguas, y miraba, miraba con ojos ennegrecidos los lejanos vagones que se perdían en la loma de la otra orilla.

La abuela, sofocada, la arrastraba hacia la casa, tropezando con las piedras, arañándose con las espinas y murmurando maldiciones en su idioma raro. Nunca le respondía a la abuela. Sólo apretaba los dientes y sentía largamente en el pecho los tambores del tren.

Al anochecer regresaba la mamá de buscar trabajo. Se recostaba pálida a la puerta, y pasaba mecánicamente la mano por la cabeza del niño que se le abrazaba con desesperación. La abuela llamaba al abuelo, que fumaba sentado en un tocón del patio, tan silencioso, tan sombrío; luego preparaba la mesa haciendo muchos movimientos inútiles. Comían rápido, sin saborear, sin hablar, y se acostaban.

Una noche la madre, más pálida que de costumbre, anunció que partía a buscar trabajo para otra ciudad.

—Se quedarán aquí, mientras —le informó a los niños que la miraban aterrados—. Háganles caso a los abuelos, pórtense bien, volveré pronto.

El niño lentamente abrió la boca, lentamente arrugó la cara, y chilló. La niña se levantó de la mesa dejando el plato lleno y salió corriendo trillo abajo. Se escondió entre las sombrillas y lloró hasta vomitar. Entró en el río dispuesta a morir, pero el agua no le llegaba ni a la cintura. El suelo fangoso se metía en las rendijas de las sandalias, haciendo la piel entre los dedos resbalosa y asqueante. Regresó a las sombrillas para quitarse las sandalias y sanguijuelas. Estuvo mucho rato tendida en la orilla, hasta que la madre de un tirón la puso en pie.

—¡Estoy cansada! —le gritó en ruso—. ¡Estoy cansada de ti y tus payasadas! —le gritó en la cara—. ¡Me tienes harta! —gritó, y la abofeteó en la gorda mejilla, tumbándole los espejuelos.

Se inclinó, los recogió, y la abrazó. Apretó la cabeza de la niña contra su barriga, y la niña se quedó tiesa, aguantando la respiración para no oler la barriga rancia de su madre.

3.

Mi abuela me arregla el cuello del uniforme demasiado grande (para que dure). Corrige la posición del enorme lazo azul sobre mi cabeza, me entrega los espejuelos, y me empuja por el hombro: «¡Anda!». Yo voy delante, ella detrás. Saluda a los vecinos, y como una buena abuela cualquiera cuenta que lleva a la nieta al colegio. Suspira. «¡Qué maldición a la vejez de mis años!», murmura para que la oiga sólo yo. Algunos niños por el camino lanzan miradas de curiosidad, hablan entre ellos, y ríen estridentemente.

En la puerta de la escuela me detiene con un gesto.

—Ya te sabes el camino.

Le doy la espalda y entro. Los gritos y risas me ensordecen, siento ganas de salir corriendo para cualquier otro lugar, pero me da por quedarme muy quieta en un rincón. Suena el timbre y yo sigo en mi rincón. Alguien adulto me pregunta algo que no sé responder. Me rodean varias personas averiguando quién soy, sacan la cuenta y me llevan a la fila correspondiente de niños demasiado animados.

En el aula me señalan un pupitre vacío, y paso el resto del tiempo mirando las ralladuras en la tabla del pupitre, adivinando en ellas figuras y rostros y ciertos animales fantásticos, hasta que me parece oír mi nombre.

—¡Alia! —grita la maestra, posiblemente no por primera vez.

La descubro lejísimos, me levanto, la observo mover los labios y escucho su voz como una melodía sin ritmo coherente. Soy incapaz de captar el sentido de su discurso o pregunta, soy incapaz de separar su voz en palabras con algún significado, apenas sé ruso. Me mira como si esperara algo de mí. Todos me miran. Bajo la vista hacia mis sandalias ya gastadas de tanto ir y venir por el trillo. Veo un descascarón en la correa de mi sandalia izquierda, tiene un lejano parecido con la cabeza de un gato vista en perfil.

—¡Siéntate, estúpida! —grita la maestra, posiblemente no por primera vez.

Interpreto sus palabras y me siento en medio de las risas.

—No volveré a la escuela —le anuncio a la abuela en casa.

Me da un manotazo sin mirar y sigue empujando la cuchara con papilla a la boca de mi hermano.

—Sí que volverás —gruñe—, ya verás cómo irás a la escuela sin chistar...

A la mañana siguiente me arrastra por el antebrazo y me dejo llevar inerte. Soy incapaz de rebelarme por un tiempo sostenido; carezco de voluntad. Voy pisando las hojas caídas de los árboles: una hoja en cada pisada.

Descubro un montón de tachuelas sobre mi silla, pero no las quito. Me siento encima de ellas, acomodo los libros. Los demás abren bocas y ojos, no les resulta cómico. Una niña, pequeña y delgada se me acerca.

—¡Levántate!

Sigo ordenando mis cosas entre figuras, rostros y ciertos animales fantásticos.

—¡Levántate! —repite la niña y aprieta los puños.

Alzo la cabeza y obedezco. Estamos rodeados de niños expectantes.

Ella recoge las tachuelas, me quita dos o tres que quedaron clavadas en mis nalgas, y las tira a la basura. Luego, con la consciencia limpia, se acomoda en su puesto.

De pronto me da un ataque de llanto. Yo no pertenezco aquí, no tengo nada que ver con esto, me quiero ir para mi casa, dondequiera que esté. Me quito los espejuelos y dos chorros caen de los cristales sobre el pupitre.

—Vamos a comenzar la clase —pronuncia la maestra y me ve.

Su cara adquiere una expresión de asco incontenible.

—Sal inmediatamente —ordena.

Arrastro los pies, y pasa una eternidad de silencio entre mi pupitre y la puerta.

—Eres una tarada —anuncia la abuela—. Claro, con un padre negro, ¿cómo podrían salir los hijos?

Abuelo sale y tira la puerta.

—Tu madre sí que era inteligente, la primera de su clase, nunca hubo que obligarla a estudiar y menos a ir a la escuela. Le gustaba tanto que...

Salgo detrás del abuelo, me paro frente a él, lo miro fumar.

—¿Qué miras?

—¿Es verdad que te criaste en un orfanato? —recuerdo la historia que me contó mi madre cuando todavía mi madre me contaba historias.

—Desaparécete de aquí —responde y me vira el rostro.

Bajo hacia el río y me meto entre las sombrillas, que ya han comenzado a marchitarse.

La historia de mi abuelo

Todos estaban reunidos alrededor de la mesa. Nadie hablaba. El padre permitía hablar sólo a la hora del postre. La madre con un cucharón de madera servía el borsch. El padre inclinó la cabeza, tomó la cuchara y los demás lo imitaron. De pronto Piotr (otro Pedro, otro zar), el menor, hizo un ruido con la cuchara y el borde del plato. Sin que nadie le dijera nada, se levantó y siguió comiendo de pie. Ahora debía tener doble cuidado: si volvía a hacer ruido, se iría de la mesa.

En ese momento tocaron a la puerta.

Se trataba de alguien avisando la muerte de un pariente cercano. No terminaron de comer; el padre y la madre partieron de inmediato.

—Cuelen la leche dos veces, el sancocho está sobre el fogón, ahorita lo apagan, le echan más a la Rubia que está grávida, las manzanas las recogen en la cesta grande y los albaricoques en la mediana y, si llueve, entran a los pollitos —dijo ella saliendo.

Ni siquiera les dio un beso.

El sol estaba alto, no había ni una nube en el cielo, y los niños corrieron para el río. Sólo iban a darse un chapuzón para luego hacerlo todo rápido antes de que volvieran los padres. Pero se entretuvieron jugando y salpicándose, saltando al agua y probando los diversos modos del clavado. Se dieron cuenta de que llovía cuando la lluvia arreció.

Volaron a casa atormentados; si se mojaban los pollitos, no se salvarían del castigo con el cinto ancho del padre. Los pollitos estaban mojados. Decidieron secarlos en el fogón, que aun no se había apagado. Bajaron el sancocho, echaron algo de leña en la estufa, metieron a los pollitos en una cazuela, y la pusieron sobre el quemador.

Los pollitos piaban.

—Es que todavía están mojados, tienen frío —explicó el mayor de los varones—. Esperemos un ratico.

Los pollitos piaban.

—No se han secado, esperemos otro ratico —repetían los niños.

Cuando los pollitos se callaron, supusieron que al fin se habían secado. Abrieron la cazuela y descubrieron un montón de pollitos muertos.

Entonces no se les ocurrió otra cosa que irse de casa...

El final de la historia siempre me pareció algo chamuscado.

Se fueron de casa, se perdieron en el bosque, vagaron mucho tiempo alimentándose de raíces y frutas silvestres, hasta que los encontraron no sé qué gente y los metieron en orfelinatos separados. Piotr nunca más supo de sus hermanos ni de sus padres.

Sentada en la orilla del río escribo con un palito sobre el fango la historia de mi abuelo. Me hubiera gustado irme de casa, perderme en el bosque, y pasar el resto de mi vida en un orfelinato. Pero mi abuela no cría pollitos. Vuelvo a percibir que todo no es más que un sueño, un sueño estúpido y pueril.

3.

—¡Gorda! —me decían los niños—. ¡Fea!

—¡Torpe! —me decía la maestra—. ¡Imbécil!

—¡Cubana! —el peor de los insultos—. ¡Extranjera!

Yo no sufría, no tenía con qué. Me apasioné con las matemáticas y pasaba el tiempo haciendo cálculos, pero nunca los que se exigían en las clases. Me refugiaba en la lógica de los números, llenaba mi cabeza de sumas, restas, divisiones y multiplicaciones donde todo parecía tener un orden frío y perfecto. Creía advertir físicamente el infinito y mi espacio dentro del infinito. Mi número preferido era el cero, tan redondo, tan equilibrado. El cero era yo.

Mi abuela cargaba agua de una pila que había en el patio. Echaba los cubos de agua dentro del tanque en la cocina. Ponía leña o carbón en la estufa, preparaba empanadas para toda la semana, sopas rusas llenas de vegetales del huerto, y dulces de las frutas que crecían en el jardín. Se levantaba al amanecer y trabajaba sin parar.

También hice ciertos avances con el idioma ruso; al menos, aprendí a leer. Me apunté en la biblioteca de la escuela, y sacaba los libros de uno en uno. El máximo tiempo de lectura eran diez días, pero si terminabas antes, podías cambiar el libro. Nunca lo hice. La cosa estaba en leer el mismo libro la mayor cantidad de veces. No me importaban las tramas ni los personajes, sólo las palabras. Cuando encontraba una palabra nueva, la repetía interminablemente (coleccioné cristales de colores / sueños / piedras redondas y lisas / palabras eufónicas, perturbadoras, raras / que saboreaba con deleite / a falta de caramelos…).

Mi abuelo también se levantaba al alba. Se sentaba en el tocón del patio, liaba cigarros, fumaba. Después del almuerzo se iba «a pescar» para el río. Echaba lombrices en una lata, recogía las cañas y redes, bajaba por el trillo. Una vez intenté seguirlo, pero me descubrió y me miró con tal violencia que me mandé a correr de regreso, despavorida. Volvía casi siempre borracho; otras veces no volvía, y era mi abuela la que lo traía a cuestas, murmurando insultos y quejas.

Lo que me interesaba era la musicalidad de las palabras, sus sonidos. Decía jerigonzas sin sentido para escuchar diversas combinaciones de sílabas, pronunciaba cosas al revés, de atrás para adelante; uní en mi cabeza eso a las matemáticas y me pareció fantástico. Había descubierto la fuente de los elementos. Los seres sobraban, lo único útil eran los números y las letras en una liga indestructible.

Abuela y abuelo habían tenido cuatro hijos. Tres murieron de tifus cuando la guerra. Abuelo andaba peleando contra los nazis, y abuela se quedó peleando contra el hambre y la ruina. Mi madre también estuvo enferma, pero sobrevivió. Era su única alegría, su único sostén, su única heredera. Pero se les fue. Se casó con un negro y se fue.

Y luego, la música. La sílaba «dos», por ejemplo, no podía simbolizar lo mismo en un tono grave que en uno agudo. «Dos-dos-dos-dos» –dicho cada «dos» en diferentes tonos– podía ser todo una oración, una mezcla de alto contenido. Y también los colores. Cada número y cada sonido tenía un color particular. Las cosas se componían por manchas danzantes de sonidos correspondientes a determinada cifra...

Abuelo bebe-bebe-bebe y abuela trabaja-trabaja-trabaja. Mi madre ha vuelto con dos críos de negro, se los ha soltado y se ha vuelto a ir. Su hija no es su hija y sus nietos no son sus nietos. Uno porque llora de cualquier bobería, a veces sin motivo, y se orina todo el tiempo, y la otra o no está bien de la cabeza o es una vaga descarada, o ambas cosas.

–¡Inútil! –grita abuela–. ¡Demente!

—I-un-til —repito yo— li-tu-ni, ni-li-tu, nu-ti-li...
—¡Cállate ya, anormal!
—A-nor-mal...
Un día cayó la nieve y regresó mi mamá.

4.

Ella nunca antes había visto la nieve. Mariposas blancas que caían del cielo, las asoció con el ballet, recordó a Malena, pero sin dolor, como algo vivido por otra gente. Quitó en silencio la cortina transparente que cubría la ventana de la sala, se sacó la ropa, envolvió la tela alrededor de su cuerpo desproporcionado, y salió al patio descalza. Comenzó a dar vueltas, levantaba las piernas, saltaba, movía los brazos. Hacía mucho frío, pero le importaba poco. La abuela le gritaba cosas, pero eso le importaba todavía menos. Bailaba —al menos eso creía hacer— con los ojos cerrados hasta que su cara se hundió en algo suave de olor rancio.

—¡Mamá! —levantó el rostro, casi feliz.

Su madre le dio una bofetada por todo saludo.

—¿Es así cómo le haces caso a tu abuela?

—¡Y tú no sabes nada! —gritó la abuela—. ¡Es más terca que una mula y vaga, no me ayuda en nada y no quiere estudiar!

La llevaron a empujones dentro de la casa.

—¡Maldita criatura!

La pusieron de castigo desnuda al lado de la ventana desnuda mirando caer la nieve, tan lenta, tan blanca. (Yo nunca fui esa niña / que mira tras la ventana / caer los copos de nieve / más bien soy un copo de nieve / que ve a una niña en la ventana / y piensa que soy yo).

A la mañana siguiente la madre anunció que se iría con ella.

Tu hermano se queda aquí, pero tu abuela no puede más contigo. Yo te meteré en cintura…

Tomaron el tren, el famoso tren de la otra orilla, el mágico e inalcanzable tren de sus sueños. Olía a hierro y a ropa de cama húmeda. Daban té con galletas, y podía mirar todo el

tiempo cómo se desplazaban en dirección contraria los cam-
pos blancos y los árboles y los postes. Contó los postes hasta
quedarse dormida. Soñó que iba en tren a Cuba. «¿Cuba?», le
preguntaba a su madre que tenía otra cara y otro nombre, pero
era la misma. «Sí, desgraciada, Cuba, para que te pudras allá
junto a tu padre. Imagínate, con un padre negro, ¿qué puede
uno esperar de los hijos?». «Cuba…», pensó a punto de llorar, y
despertó. Amanecía. La madre roncaba ligeramente en la otra
litera. Se incorporó y siguió contando postes a partir del último
número que recordó de la noche anterior.

5.

—Esta no es nuestra casa —dijo mi madre—. No puedes registrar las gavetas ni tocar nada. Mucho menos las cosas de cristal, tú, que todo lo rompes. Yo trabajo de ocho a seis, por lo tanto, cuando vengas de la escuela, cámbiate de ropa, haz las tareas y espérame tranquila, sin moverte. No puedes salir ni abrirle la puerta a nadie. No puedes andar en el refrigerador. Si tienes hambre, come pan —señaló medio pan negro envuelto en un periódico sobre la mesa—. No puedes abrir el gas, ni las ventanas. No pierdas la llave —me colgó en el cuello la llave enganchada en un cordel gris—. ¿Entendiste?

Yo miraba su cara. Su cara movía los labios y parpadeaba los ojos, alzaba y bajaba las cejas, cambiando las líneas de las arrugas.

—¡¿Entendiste?!

—Sí...

—Repítelo todo.

Tragué con esfuerzo.

—No pierdas la llave...

—¡Todo!

Volví a tragar mirando su cara.

Me tomó de los hombros y comenzó a sacudirme, cosa que haría a menudo a partir de entonces. Como si quisiera que la locura hecha una bolita me saltara por la boca. No se hacía ninguna bolita, se comprimía, se licuaba, se escondía en la médula para salirse con la suya en el momento menos esperado... Pero al parecer a ella sacudirme le hacía sentirse mejor. Me soltó, suspiró, y se fue.

Otra vez la escuela, otra vez niños averiguando mi mísera procedencia latina y colocándome al último lugar en la escala de tratabilidad, después del grandulón que por segunda vez repetía el año, después de la bizca con los dientes botados por chuparse el dedo, después del uzbeco que tampoco hablaba correctamente el ruso y olía de modo espantoso. Niños burlándose de mi cuerpo precozmente desarrollado, de mis espejuelos, mi pelo oscuro y ondeado, mis botas de fieltro y el abrigo que fue de mi abuela. Una tarde en el vestidor de la escuela encontré el abrigo con los botones colgando en tiras de la tela que ya estaba semipodrida, con los bolsillos llenos de escupitajos, papeles y toda clase de basura. Me dio una crisis sentimental: «Pobrecita mi abuelita que me regaló el abriguito después de usarlo tanto tiempo y cuidarlo y ahora…», etcétera. Cuando llegó a casa, mi madre se abalanzó sobre mí con el abrigo, metiéndomelo en la cara: «¿Es así como tú cuidas las cosas?». La miré con ojos muy secos; todavía me sorprendían ciertos rasgos de mi madre. Se pasó la noche zurziéndolo y por la mañana volví a la escuela con el viejo abrigo de mi abuela todo remendado. «Si lo vuelves a romper», dijo ella a modo de despedida, «no lo coseré más». Sabía que decía la verdad.

Pero mi ruso iba mejorando. Y aunque no tenía demasiadas oportunidades de practicarlo oralmente, comencé a hacer avances en la escritura; dos o tres veces la maestra leyó composiciones mías en voz alta como las mejores de la clase (cosa que aumentó el odio de los demás hacia mí) y hasta llegó a mandarme a una olimpiada literaria entre escuelas. Eso sí, leía sin parar, leía todo el tiempo y todo lo que me caía en las manos. Poco a poco fui desprendiéndome de la manía de buscar únicamente la sonoridad de las palabras, empecé a comprender los argumentos y vivirlos y ese fue el nuevo escape: yo no era yo, sino el personaje del libro de turno. ¡Pobre gentecilla la que me rodeaba! No sabían con quién estaban tratando. Miré el mundo desde arriba, desde mi nueva superioridad silenciosa y el mundo me dio lástima.

Hasta que mi madre me anunció que iría a una escuela de artes plásticas. No me preguntó si me gustaría estudiar pintura ni nada por el estilo, simplemente informó: «Mañana comienzan las clases; cuando salgas de la escuela, irás a la otra. Llegarás a casa a la misma hora que yo del trabajo». Así se aseguraba de tener todo mi tiempo controlado. ¡Otra escuela, con otros niños! Estuve a punto de protestar pero no lo hice, nunca lo hacía; me dejaba llevar tan dócilmente que daba la impresión de un ser sumiso y obediente.

Sobre un trapo rojo, colocado descuidadamente encima de la banqueta, un jarrón de barro y una pera amarilla, todo alumbrado por un bombillo.

—Los objetos que vemos, los vemos tridimensionales gracias al juego de luz y sombra. En la naturaleza no existen líneas rectas ni figuras planas; en la naturaleza no existen colores puros ni tonos enteros; todo está compuesto por matices. Recuerden la palabra, matices; la usaremos a menudo…

De pronto descubrí que sí quería aprender a pintar. El estúpido trapo rojo con el estúpido jarrón y la pera amarilla estaban llenos de matices. ¡Vaya noticia!

Volví a construirme un mundo equilibrado: la escuela, donde cada día sorprendía más a la maestra con mis composiciones literarias y velocidad de cálculo; la escuela de pintura, en busca de matices y formas; la casa, donde después de hacer las tareas de ambas escuelas, seguía delante del buró hasta la hora de dormir, leyendo y creyéndome ser otra persona. Y haciéndome la idea de que los demás no existen. Simplemente no existen.

Puedo imaginar cómo era para mi madre aquella etapa de su vida. Dura, supongo, muy dura. Cualquier regreso en sí es doloroso, el más dulce de los regresos es doloroso, pero el de ella de dulce no tenía nada. Su patria la acogió como a una hija pródiga: te absuelvo tus pecados. Pero mi madre no se perdonó, ella misma no se perdonó. Trabajaba de ocho a seis y luego cosía para la calle (la máquina de coser de mi madre / tiene un panal sin miel / sólo abejas), pero así y todo no alcanzaba el dinero. El invierno exigía mucha ropa cara, y también tenía que estar bien vestida para la oficina, la gente comenta, y la comida, esa hija suya que come demasiado, demasiados dulces, y la soledad. Trabajar mucho, mantenerse ocupada para no sentir la soledad, sus tentáculos que abrazan más de noche, esas noches tan oscuras como cierta piel, ¡oh! Culparse por todo, lacerarse, y esa niña, gorda, fea, retardada, como una evidencia, y la cara marchita frente al espejo, como una evidencia. Y las cartas de los padres, cada carta de los padres que no perdonan aunque callen. Y las personas, ¿qué pueden saber las personas? Desvían los ojos, murmuran: «Estuvo casada con un cubano», «¿Un cubano?». «Como lo oyes, un *cubano*». «¿Negro, supongo?». «¡Negrísimo!». «Pobrecita…». Miran, murmuran. Se acercan, a veces algunos, para huir como si se hubiesen quemado. «Eso no se pega», dan ganas de gritar. Pero mi madre me grita sólo a mí. Toda su frustración, todo su dolor y odio los descarga en mí. Me creía absolutamente insensible porque yo soportaba sus maltratos sin inmutarme.

6.

Hasta un día en que la madre llega a casa cambiada. Recoge tarareando una melodía, pone a hacer el té, se viste elegante, manda a la hija a comprar bombones, prepara la mesa.

—¡Tenemos visita! —exclama y sus ojos brillan—. ¡Hoy tenemos visita!

La niña la observa displicente. Le entrega el paquete de dulces y regresa al buró para seguir dibujando una ilustración al libro de Grin *Las velas rojas*, que ordenaron en la escuela de artes. Conoce bien la novela, ha vivido a fondo la historia de la hija del pescador que se casa con un auténtico príncipe. Todos la creían loca, todos la despreciaban por soñar demasiado, pero ella siempre supo que él vendría a buscarla en el barco de velas rojas... ¿Qué puede importar una madre con sus visitas, sus amarguras o alegrías, sus tristes bombones y té? Mueve el lápiz por la cartulina con trazos seguros, mañana la profesora le pondrá otro «cinco», la nota más elevada, ha captado la escena culminante en todo su esplendor: el mar, el frágil cuerpo adentrándose en el mar, el velero que se acerca y la gente en la orilla, toda esa gente con esas caras.

—¡Alia! —la voz de la madre la devuelve al frío cuarto.

Ella se levanta y soporta las presentaciones sin prestar la menor atención. Son dos compañeras de trabajo de la madre, más jóvenes que ella pero viejísimas, vistas desde sus once años. Responde educadamente las tontas preguntas sobre el nombre, la edad, las notas de la escuela, se excusa educadamente, y muy educadamente les da la espalda volviendo al dibujo. Busca el juego exacto de luces y sombras en las olas, el vestido y el pelo de la hija del pescador, pero sobre todo, las velas; se tienen que ver rojas bajo el lápiz de grafito, se tienen que intuir todos los matices del rojo.

—Disculpa —oye la voz a su lado—. ¿Te molesto?

Es una de las compañeras de trabajo de su madre, la más delgada y de ojos oscuros. La mira sólo por un instante y niega con la cabeza: no le molesta: huele a limpio y a flores blancas.

—Grin es uno de mis escritores favoritos...

Detiene el lápiz y vuelve a mirarla. Los ojos oscuros observan la ilustración muy seriamente, casi grave.

—Y también espero a mi príncipe...

Habla bajito, pero le habla a ella, como a una igual. Por primera vez en muchísimo tiempo alguien le habla de verdad. Coloca el lápiz sobre el buró y ya no para de mirarla.

—¿Has leído *El pequeño príncipe*?

—No —responde Alia enrojeciendo.

—Es un gran libro. Me gustaría prestártelo. Si quieres, claro...

—Sí —Alia enrojece más.

—Entonces volveré el sábado que viene a traértelo.

Alia la mira, tiesa y roja, la ve regresar a la mesa del té, sentarse, beber de su taza, comer bombones, conversar. Alia la mira y casi llora por ser tan torpe, bruta y fea.

6.

El segundo amor de mi vida se llamaba Elena, Liena, su diminutivo en ruso, y tenía veintidós años, mientras yo acababa de cumplir los once. Venía a mi casa los sábados y era amiga de mi mamá. También era amiga mía, a su manera. Me traía libros y revistas, me leía fragmentos que le parecían significativos y poemas, sobre todo poemas. Tenía una forma tan peculiar de leer poesía, tan sincera y desde dentro, que daba la impresión de haber sido escrita por ella misma.

Yo la esperaba desde los viernes por la noche. Me la pasaba sin dormir ni un instante, viendo imágenes rarísimas de una Liena en peligro y yo salvándola, recordaba nuestras conversaciones, aunque les cambiaba mis respuestas, buscando que fueran simplemente brillantes, pensaba mucho, y corría cada rato al baño a orinar.

Ella venía a media mañana y ya mi madre le tenía preparado el té con alguna golosina; yo, espiándola desde mi buró, aparentando estudiar, pero en realidad, esperando, esperándola, hasta que mi madre recogía la mesa y se iba a fregar y Liena se acercaba al fin para dedicarme quince o veinte minutos.

Me dejaba el libro, luego de sugerirme las partes más reveladoras, me pedía opinión sobre el libro anterior, escuchaba mis respuestas confusas (casi monosilábicas) con interés, hablaba de alguna película o algún suceso personal con los que asociaba lo leído, y volvía a alejarse.

Eso era todo hasta el siguiente sábado. Pero a mí me bastaba para ir construyéndome una imagen de su vida y sus gustos, de sus intereses, aspiraciones y sueños. La presentía muy sola, rodeada de personas mediocres que la subestimaban porque no la comprendían, la percibía llena de «matices». Le gustaba la música clásica («¿Y el ballet?», me atreví a preguntarle. «¡Oh, el ballet!»), le gustaban los poetas románticos, el teatro (actuaba en un grupo de aficionados), la pintura renacentista y las películas francesas. Creo que fue la persona que más influyó en la formación de mis gustos, sin sospecharlo ni proponérselo; yo busqué todas las referencias que estaban a mi alcance para conocerla mejor e imitarla, porque también se trataba de eso. Copié su manera de hablar en voz baja, de reír despacio, de mirar con gravedad.

Pero eso era a solas. Cuando estaba ella, sufría de tal exaltación de los sentidos que advertía las cosas como a través de una capa de algodón. No tenía dominio de mis emociones, me convertía en una verdadera subnormal. Después de «hablar» con Liena quedaba largo rato sentada recta, mirando un punto indefinido, hasta que poco a poco volvía a mi estado habitual y descubría que ella se había ido.

Un día nos invitó a su casa. Vivía con los padres, pero ellos habían salido. Puso a Tchaikovsky y Stravinsky, nos brindó pastel de manzanas (que no pude ni siquiera probar: estaba hecho por ella misma), nos mostró el apartamento. Vi su cuarto: su cama, el librero, las matas de geranio con flores rosadas, blancas y rojas, una reproducción de la Mona Lisa y un oso de peluche en una silla. Olía a geranios, pastel de manzanas y paz. Mi madre le hablaba algo y ella reía. Yo olía su casa, escuchaba su risa y su voz y me moría por no tener que irme jamás. No abrí la boca en toda la tarde; tampoco nadie me lo pidió, a mi madre no le importaba y a ella, en realidad, menos.

Era un domingo, y el lunes después de la escuela de pintura fui hasta su edificio. No me atreví a subir, sólo miré su ventana desde la calle. No la vi llegar, pero de pronto su ventana se iluminó. Corrí a casa feliz. Inventé cualquier pretexto para llegar todos los días un poco tarde y convertí en un rito esperar a que Liena entrara a su cuarto después del trabajo. Esa misma semana ella me descubrió. Pareció sorprenderse, pero se mostró contenta de verme. Me invitó a subir. Habría querido huir a toda velocidad, aunque me dejé llevar. Estaban sus padres. «¿Esa es la cubana?», preguntaron. «Esa». «¿Y dónde te gusta más, aquí o allá?». «No sé». «Seguro que aquí. Allá, dicen, hay cocodrilos y un calor insoportable…». «No sé». «¿Quieres té?». «No sé». «Es un poco rara la cubana» (bajando la voz). «¿Estás segura de que es normal?». Liena me toma por el brazo: «Vamos, te acompaño hasta tu casa…». Por el camino habla, habla sin parar, aunque no entiendo ni una palabra. No me ha soltado y siento sus dedos a través de la tela del vestido.

Mi madre abre la puerta, sonríe con los labios estirados, mientras Liena le explica y se va. «¿Qué tú hacías por ahí?». «No sé». Comienza a sacudirme. «¿Qué tú hacías por ahí? ¿Dime? ¿Qué hacías?». Me suelta y me prohibe terminantemente volver por casa de Liena. «Ni una llegada tarde más, ¿entendiste?». La miro. «¡¿Entendiste?!». «Sí…».

El viernes no duermo, espero todo el sábado, toda la semana hasta el sábado siguiente, la otra semana. Al fin me atrevo a preguntarle a mi madre. «No sé», se encoge de hombros, «no sé…», ríe.

Vienen otras compañeras de su trabajo, de pronto mi madre se ha vuelto muy sociable. Toman té, comen bombones, me preguntan la edad y las notas de la escuela. Miran mis cuadros como si supieran algo de cuadros. «¡Qué talento!», exclaman. Sonríen amistosas.

Yo sigo esperando. Hago mi vida como si la estuviera viviendo, pero todo el tiempo espero. Hasta que mi madre me dice que nos mudamos. Una casa nueva, dice, una casa nuestra, y comprendo por fin que Liena no vendrá más.

7.

Es verano y me siento libre. Me pongo vestidos cortos de seda (he estirado y ya no soy nada gorda, más bien lo contrario), me los pongo sobre el cuerpo desnudo y salgo a caminar por la ciudad. Es una ciudad pequeña y joven, llena de edificios iguales, de cinco, nueve o doce plantas, con el río a un lado y el bosque de pinos al otro, con una plaza, un paseo que parte desde la plaza y una fuente moderna y deforme al final del paseo. Ando a veces por delante del edificio de Liena, pero no miro su ventana, pienso: «¿Ves?, puedo estar cerca de tu ventana y no mirarla». Hago como si no me importara nada. Camino mucho y en ocasiones me da por correr. En la orilla del río crecen manzanos silvestres y recojo algunas frutas todos los días. Son muy ásperas y ácidas, la boca se hace pequeña y se llena de saliva amarga. Todo el tiempo me siento mareada, es el aire.

Estamos viviendo en una casa nueva, tenemos muy pocos muebles y muy poca comida. Las manzanas me quitan el hambre por un tiempo, pero me dan dolor de barriga. Camino mucho, evitando a la gente. La gente me resulta molesta. Invento poesía y la olvido, todo es poesía ese verano.

Mi madre recibe una carta, varios papeles. «Esto es para ti», dice y me extiende la hoja. Miro letras desconocidas, no entiendo nada. «No entiendo nada», se la devuelvo. Su cara se pone dura, piensa que le estoy mintiendo. «¿Qué letra es esta?», pregunta y señala la primera letra de la última palabra. «Una eme», contesto obediente. «¡Ajá! ¿Y esta?». «Una a». «¿Y esta?». «Esa no la conozco...», respondo alegre. Todo me da risa ese verano. «¡No es posible!», grita mi madre. «¡No puede ser que hayas olvidado el español!». Me encojo de hombros. ¿Qué importancia puede tener el español? «Esto es una carta de Cuba, de tu amiguita Malena. ¿Recuerdas a tu amiguita Malena?». Me encojo de hombros. ¿Recuerdo a mi amiguita Malena?

Estamos viviendo en una casa nueva, es verano y yo estoy eufórica. ¿Recuerdas a tu amiguita Malena? Corro por la ciudad inventando poesía, todo es poesía ese verano. Es una carta de Cuba. De Cuba. Me gusta sentir la seda sobre la piel desnuda y las sandalias nuevas, aunque a veces me las quito y las llevo en la mano para caminar por la hierba o por la arena gruesa del río o por el asfalto caliente. ¿Qué letra es esta? Esa no la conozco. No la conozco, no. Evito a la gente, me resulta molesta, miran, qué molesto, hablan, qué molesto. ¡No puede ser que hayas olvidado el español! Español… Me gustan las manzanas silvestres, son tan ácidas, tan ásperas, la boca se llena de saliva. ¿Recuerdas a tu amiguita Malena? Todo me da risa ese verano, es el aire.

8.

Pero se me ocurrió que quería tener amigos. Además de resultarme molestas, las personas me asustaban. Hasta que decidí que necesitaba rodearme de personas. Tampoco demasiadas: cinco estaba bien, un grupo de cinco jóvenes (dos muchachas y tres muchachos, además de mí) estaba muy bien. Un grupo, eso. Reunirnos a conversar, oír música, bailar. ¡Bailar! Me parecía todo una hazaña. ¿Cómo serían? Diferentes, por supuesto. Tendrían nombres, pero en el grupo cada uno llevaría su apodo: el Profe (gordito de espejuelos, erudito, el clásico genio que anda en las nubes y hay que ayudarlo a cruzar la calle), Mafia (un negociante, casi marginal, pero culto y bastante sensible, toca guitarra y compone, es el que consigue las cositas ricas para picar en las fiestas, además de ser dueño de la grabadora y de la casa más acogedora porque sus padres andan prestando servicios técnicos en algún país del tercer mundo), Dandy (el lindo, el rubio de pelito largo, no demasiado inteligente, pero con una gran memoria para los nombres de los grupos musicales y actores norteamericanos y marcas de perfume francés, exquisito y detallista), Fiera (muchacha fea, pero muy desenfrenada, la que mejor se viste, la que mejor baila, muy agresiva, muy ingeniosa, la que se sabe montones de juegos), Botón (bonita, redondita, pequeñita, muy dulce y justa, la que trae la paz y el orden y los deseos de cantar todos juntos canciones tradicionales rusas) y yo, la Muda, la que escucha, la que comprende a todo el mundo y con la que vienen a descargar y contar los secretos más íntimos, la que aguanta cualquier cosa sin quejarse, necia, pero útil en un mal momento.

En realidad, únicamente en un inicio yo fui la Muda. Pronto comprendí que en el grupo yo no era como en la otra vida. Mis amigos me cambiaron el apodo por Alfa, la primera, la suprema. Era inteligente y aguda, extrovertida, talentosa y desenvuelta. Todos querían estar cerca de mí, todos me querían. Cuando yo hablaba (cosa que hacía con autoridad y exquisitez), los demás atendían respetuosos; cuando reía, irradiaba tal alegría que los otros olvidaban sus tristezas; cuando callaba, poco a poco se hacía silencio general, un silencio tibio, gratificante. Eso además de que ellos me consideraban bonita; hasta yo misma veía atractiva a esa nueva Alia, y la quería muchísimo, y deseaba muchísimo ser ella siempre.

Uno tras otro los fui inventando, los fui creando desde su más tierna infancia; pinté sus retratos, de frente, de perfil, de cuerpo entero, en grupo, por parejas, llené el buró de retratos de mis amigos inventados. Imaginaba nuestras reuniones, los diálogos, las discusiones, los juegos, las pequeñas maldades y pequeños disgustos, las reconciliaciones y pactos de sangre. Eran tan reales, me los creí tan en serio, que un día salí a buscarlos por la ciudad, tocando en puertas y preguntando si Fulanito vivía ahí. A veces no me trataban tan mal, pero nunca nadie me respondió dónde vivían mis amigos.

A mediados de agosto mi madre me comunicó que me iría a un campamento de pioneros por dos semanas. Me quedé rígida de la conmoción y esa noche no dormí; me angustiaba tener que abandonar mi grupo y mis paseos por la ciudad, verme otra vez sola en medio de niños desconocidos y hostiles. Pero antes del amanecer decidí que iba a ser Alfa, la Alia brillante que no le teme a nada. La otra se enroscó muy dentro, temblando de pavor.

Me monté en una guagua repleta de muchachos alegres y entablé una conversación desenfadada con la niña que tenía al lado. Me escuchaba a mi misma ligeramente sorprendida y admirada. La niña se llamaba Liuba y era dos años mayor que yo, estudiaba piano y francés, quería ser psicóloga, le gustaba la música clásica («¿Y el ballet?», «Nunca he ido…», «¡Lo que te has perdido!..»), le gustaban el teatro, el cine y la literatura («¿Has leído *Las velas rojas*?», «¡Claro! Me encanta Grin…», «¿Y *El pequeño príncipe*?», «No. ¿Lo tienes?», «En la casa; cuando volvamos, te lo voy a prestar». «Gracias… Yo también te prestaré mis libros…»).

—Me llamo Alia, pero me dicen Alfa. Mis amigos me llaman así por la primera letra del alfabeto griego: soy la primera, ¿comprendes? La número uno. Somos un grupo y cada cual tiene un apodo.

—Casi en todos los grupos pasa… Me gustaría conocer a tus amigos. Yo casi no tengo amigos…

—Pues cuando regresemos, te los voy a presentar. Nos reunimos habitualmente en casa del Mafia, sus padres están fuera, en un país de esos, y no imaginas cómo nos divertimos, bailamos, conversamos, jugamos cantidad de juegos; te va a encantar…

—¡Qué bueno conocerte! La verdad es que eres tremenda gente, pareces ser mayor… ¿Qué piensas estudiar después de la escuela?

—No me he decidido todavía entre ser diplomática o estrella de cine…

—Mis padres tienen una casa en las afueras, ¿te gustaría ir? Se pasa muy bien, hay una chimenea con asador y un río cerca. ¿Te gusta nadar? Si quieres, podemos hacer una fiesta, invitar a los amigos de tu grupo y meternos un día en el campo…

—Me encantaría. Estoy segura que los otros también se volverán locos de alegría…

—Cuéntame más sobre ti…

Conté. Estuve contando con propiedad, y otros niños —los del asiento de delante y los de al lado— escuchaban también, fascinados. Alfa fue todo un éxito.

Pasé las dos semanas embriagada; yo misma no me reconocía. Participé en concursos, torneos, competencias, y salía triunfando en todo. En un juego deportivo me rompieron los espejuelos de un pelotazo, subiéndome en una mata me arañé las rodillas, en fin, era una niña cualquiera, y más que eso: era una niña fabulosa. Hice abundantes amistades, pero la principal era Liuba, que me seguía en todo, a pesar de ser mayor, y me admiraba, no cabían dudas.

Al regreso me llevaba una pila de direcciones, números de teléfono y regalos. Liuba parloteaba a mi lado sobre lo fantástico que sería vernos el próximo fin de semana en casa del Mafia. Mi ánimo se iba ensombreciendo poco a poco.

—Sabes —le dije al fin—, no estoy muy segura de que vayas a caerle bien a la gente de mi grupo…

—¿Por qué? —vi cómo se le apagaban los ojos.

—No creo que te acepten —me moría del pesar, pero no encontraba otra salida—. Eres demasiado ridícula, demasiado simple. Me da vergüenza llevarte a nuestras reuniones.

—Pero —intentó protestar—, ¿cómo me vas a decir eso ahora?

—Creo que es mejor que sea sincera. En realidad, me caes bien, pero no seremos amigas. Tengo mi grupo, ya lo sabes, y no dispongo de tiempo libre para perderlo contigo…

No contestó. Se viró hacia la ventanilla y se metió el resto del viaje mirando el panorama. La ignoré.

Los demás cantaban, sonaban divertidos. Sentí ganas de llorar, pero canté con ellos, aprovechando el resto de Alfa que se esfumaba con cada instante que nos acercaba a la ciudad.

Antes de llegar a casa, eché los papelitos con las direcciones en un latón y esa misma noche rompí con el grupo. No dejé ni una cartulina, ni siquiera mi autorretrato, donde lucía tan bien.

Mi madre había traído a mi hermano de casa de los abuelos, y me encontré con demasiado ruido y muy poco espacio. Traté de evitarlos a los dos, traté de hacerme invisible, desaparecer al máximo. Quería morir.

Volvía a ser Alia, la que una vez más quedaba sin equilibrio, sin tener de dónde agarrarse, se hundía, permanecía inmóvil en el fondo, sola, perdida.

9.

Alia se acuesta a la hora señalada, pero no duerme: espera. Escucha los ruidos de su casa, los ruidos de las otras casas, los ruidos de su cabeza. Gradualmente disminuyen los ruidos exteriores y aumentan los internos. Cuando se percata de que afuera todo es silencio, Alia se levanta. En punta de pies se desliza hacia la cocina, registra en los estantes, encuentra dulces, bombones que la madre guarda para sus visitas y toma sólo un poco. Se sienta en el piso, ¿para quién es esta delicia?, se pregunta. Para Alia, se responde, para la niña Alia que es tan buena y tan bonita. Se lo introduce en la boca y lo mastica con deleite. ¿Y este otro, para quién?, se pregunta. ¿Para quién va a ser?, responde, para la mejor niña del mundo, a la que quiero tanto. Se come el otro dulce y vuelve a preguntarse para quién es el siguiente. Todos son para Alia, para la Alia pequeña y tierna, casi perfecta.

Cuando se acaban, Alia vuelve a buscar la caja, apenas se nota la falta. Toma otro poco de dulces y se asegura de que tampoco se vea la diferencia. Sigue así, hasta que se percata de que no ha quedado ni un bombón.

¿Qué has hecho, Alia? –se pregunta–. ¿Tú crees que eres una niña buena? Las niñas buenas no se roban los dulces de sus mamás. ¿Qué vas a hacer ahora? –se pregunta–. Ahora me iré de casa –se responde–. Me iré así, de noche, por ahí, me iré y no regresaré jamás…

Alia sale en punta de pies, baja silenciosa las escaleras, camina en la noche respirando el acaramelado aire del otoño.

En la escuela hay un jardín y ese jardín de noche es el jardín de Alia. Ella va allá y se sienta entre las flores. Hola, mi princesa, dice, ¿has vuelto? Sí, responde, estoy aquí otra vez. Recoge algunas flores cercanas y se trenza una corona. Pasea entre las flores con su corona de flores. ¿Estoy bonita?, pregunta. Sí, mi reina, responde, hoy estás más bella que nunca. Varias ranitas saltan entre las matas y Alia caza una. Su cuerpo resbaloso se hincha, Alia lo aprieta, le saca el aire. Busca trozos de vidrio, elige el más afilado y lo pasa por la barriga de la rana, una y otra vez, hasta abrirla. Así, maldita criatura, dice, ya verás quién soy. El animalito se debate entre sus dedos y Alia finalmente lo suelta. Vete, estás libre, recuerda mi bondad. Mira cómo se arrastra, dejando las tripas por el camino, lo observa morir. Entonces se estremece: ¡ha muerto! Recoge el cuerpo sin vida, llora, lo besa. Oh, mi amor, dice, has muerto. Llora, lo besa. Abre un foso entre las flores, coloca ahí el cadáver, le echa tierra encima, le pone la corona que se quita de la cabeza, canta entre lágrimas, canta canciones dulces, inventadas.

Luego se va a caminar, de noche la ciudad luce diferente: sin personas, la ciudad es suya. Se va para el río, deja la ropa en la orilla, entra al agua que quema por lo fría que está. Se acuesta de espaldas sobre el agua y se deja llevar. Mira las estrellas. ¿De qué estrella viniste?, pregunta, ¿quién eres? Soy Alia, dice, la Diosa Alia, la dueña de la noche. Mira las estrellas, canta. Llora a veces, canta.

Lentamente regresa nadando a la orilla, se viste, temblando de frío, sigue caminando, descalza, sola. En algún parque monta columpios, se mece violentamente, más y más violentamente, sin temor a salir volando o caer de frente sobre el suelo. Se baja, camina.

Una de esa noches se encuentra con un perro. Hola, saluda, yo soy Alia, ¿y tú? Tu serás Emperador, te nombro mi Emperador. El perro la sigue y Alia le habla. Yo soy Alia, la que anda sola. Tu también andas solo. ¿Te gustaría venir conmigo? El perro la escucha, mueve la cola. Alia se sienta y lo abraza. Siente el cuerpo peludo y fuerte junto al suyo. Eres lindo, le dice, eres blanco y grande. Te amo. El perro lame la cara de Alia y Alia le lame la nariz. Te amo, le dice. ¿Te vas a quedar conmigo? Por favor, no me abandones. Te necesito. El perro lame a Alia y Alia lame al perro. Te amaré por siempre, le dice, por toda la vida. ¿Sabes? A mí nadie me quiere. Nadie nunca me ha querido. ¿Crees que puedas quererme? Alia abraza al perro fuerte, muy fuerte, le aprieta el cuello y este gruñe, se zafa y sale huyendo. Alia corre tras el perro por la ciudad dormida, corre largamente, hasta perderlo de vista, hasta perderlo. ¡Emperador! –grita–. ¿Dónde estás, Emperador?

Vuelve a salir, noche tras noche buscando al perro. Con un spray rojo deja mensajes en paredes y vidrieras: «¿Dónde estás, Emperador?».

Escribiendo uno de esos mensajes la sorprenden cuatro o cinco jóvenes. La rodean burlándose, riéndose. Alia los mira y de pronto siente deseos de que se queden junto a ella. ¿Quiénes son?, se pregunta. Son amigos, andan de noche, como yo, son el grupo. Los mira, intenta sonreírles. «Loca», dicen ellos y ríen, «chiflada». Se van riéndose. ¡Esperen! –quiere gritar Alia–. ¡No me dejen! Los ve alejarse. ¡Permítanme ir con ustedes! –les pide Alia–. Yo puedo ser inteligente y divertida, yo sé hablar de lo más coherente sobre cualquier tema y conozco juegos animadísimos y bailo, pinto, escribo poesía, hasta puedo ser bonita… Los ve perderse en la oscuridad. Se queda tiesa y muda hasta dejar de escuchar sus voces. Entonces sigue sin rumbo, sin destino.

Alia anda en la noche largamente. Cuando comienzan a encenderse las ventanas, toma el camino de vuelta. ¿Crees que debas regresar?, se pregunta, ¿no te parece mejor seguir andando, así, toda la vida? No, responde, el día es el enemigo, de día hay gente, la gente es el enemigo, es mejor regresar y que nadie se entere de nada.

De retorno mira las ventanas encenderse. Piensa en cómo serán las personas que viven tras esas ventanas. Tal vez detrás de alguna haya alguien diferente, alguien penetrante. Se inventa a otra Alia que está perdida en un cuarto iluminado y vacío. Mira los edificios y juega a que, si se enciende una luz, se le cumplirá algún deseo. A veces adivina, ve prenderse la luz, pero sus deseos siguen sin materializarse.

No importa, mi amor, se dice, me tienes a mí. Siempre me tendrás. Te amo, se dice. Qué bueno que estás conmigo, se responde, qué bueno que no estoy sola.

9.

Mi madre me sacude por los hombros, me abofetea, me pega. Yo me comí otra vez los dulces guardados para las visitas. Yo salí de noche dejando la puerta abierta, y pudieron haber robado. Yo hace tres semanas que no voy a la escuela. A ninguna de las dos. Hace tres semanas que me leí la biografía de Jack London y me enteré de que él nunca estudió en ninguna escuela. Seré escritora, decidí, no necesito estudiar. Hace tres semanas que lo único que hago de día es leer. Me leí los once tomos de las obras completas de Jack London, los cuatro tomos de Georges Sand, los siete tomos de Balzac y los tres tomos de Somerset Maugham, además de *El rojo y el negro* de Stendhal, los cuentos de Maupassant y *Los sufrimientos del joven Werther* de Goethe.

Mi madre me golpea y me grita que soy una condenada, una maldición, una calamidad.

Llevo un diario. Escribo las impresiones de mis lecturas, poemas, comienzo una novela sobre una niña a la que raptan los gitanos. «Ten cuidado con los gitanos», advierte todo el mundo, «los gitanos se llevan a los niños…». Sueño con ser raptada por los gitanos y escribo la novela sobre la vida con la que sueño. Es una vida libre, andariega, sin escuelas, sin una madre que grita, sin un hermano que golpea las teclas del piano porque mi madre lo ha metido a estudiar música; una vida feliz, donde yo soy feliz y me llamo Fanny, y soy como los gitanos: silvestre. Me creo ser Fanny, definitivamente soy Fanny.

Pero vuelvo a la escuela, no me queda otra opción. Leo en las clases, a escondidas, escribo a escondidas. Descubro que nos han puesto a un nuevo profesor de inglés (calvo, irónico y soltero) y decido que Fanny debe enamorarse de él.

Fanny le redacta largas cartas de amor, muy apasionadas, a veces al estilo de Sthendal, otras, al de Goethe, pero principalmente, de Georges Sand, su escritora preferida, su ídolo; Fanny averigua la dirección del profesor y deja flores delante de su puerta, toca el timbre y sale corriendo con el corazón en la garganta; Fanny pone en la pizarra cuando no hay nadie en el aula: «Gracias por existir...»; Fanny llora por las noches imaginándose la soledad del profesor, su desamparo. Hasta que él la sorprende escribiendo en la pizarra.

—Así que eras tú —dice y sonríe mirándola embelesado.

Fanny ha desaparecido. En su lugar está Alia, yo, más entumecida que nunca. Me zumban los oídos, sudo frío.

—Quédate después de las clases, hablaremos con calma...

Me siento morir, tengo ganas de irme a casa, pero me quedo después de las clases, soporto que el profesor me meta la mano debajo del vestido, que me toque con su mano repugnante, que me pase la repugnante boca por la cara y el cuello, llenándome de saliva con olor a cebolla.

—Eres muy rara —dice por fin, apartándome.

Me quedo sentada en el aula vacía mucho rato, hasta que por fin me doy cuenta de que se ha ido. Regreso a casa, me meto en la bañadera de agua caliente, paso tiempo dentro de la bañadera, cambiándole de vez en cuando el agua, me siento vacía y limpia como un búcaro de cristal, desearía quedarme a vivir en la bañadera.

Mi madre golpea la puerta del baño, ha vuelto del trabajo y mi hermano le ha dicho que llevo horas bañándome.

—¡Abre! —grita mi madre—. ¡Abre inmediatamente!

Abro.

—¿Qué significa esto?

Tiene mi diario en la mano y señala algo escrito por mí.

«Sé que estallaré en cualquier momento, presiento que voy a estallar...» —lee.

—¿Qué significa eso?

—No sé… —respondo.

Realmente no recuerdo lo que quise decir, si lo supe en algún momento.

—Eres lo más abominable que he visto en mi vida. ¡Y pensar que eres hija mía! Eres inmunda, despreciable, mezquina…

Me sacude por los hombros, eso la hace sentirse mejor. Mi hermano repite y repite los mismos dos o tres acordes en el piano, yo me siento delante del buró pero no leo, ni escribo, ni estudio, ni pinto. Abro los cuadernos, pero ni los miro. No miro nada, no pienso en nada. Cuando ellos se acuestan, busco una cuchilla de afeitar y me abro las puntas de los dedos. Lleno un pomo vacío de perfume con mi sangre, me exprimo los dedos y miro mi sangre caer dentro del pomo.

Por la mañana se lo extiendo al profesor que lo toma sin comprender, hasta que se da cuenta.

—Estás loca —dice y me devuelve mi sangre con una expresión entre el horror y el asco—. Estás absolutamente fuera de tus cabales…

Me evita, ni siquiera me revisa las tareas ni me llama a contestar, me pone notas imaginarias, cosa que le agradezco; he abandonado bastante los estudios, otra vez me he vuelto bruta y vaga.

Una noche cualquiera entierro los pomos con sangre que no dejaba de llenar en el jardín de la escuela. Ahí mismo entierro las cartas que le había escrito al profesor, el diario y el comienzo de mi primera novela. De paso entierro a Fanny, pongo flores y no vuelvo por ahí.

10.

En la biblioteca de la Casa de Cultura, a donde iba religiosamente todos los sábados, leí la convocatoria en la que estaban invitando a niños para un taller de actuación. Para las pruebas de aptitud había que preparar un poema, un cuento o monólogo y una canción. Volví a casa pensando quería intensamente hacer teatro, pero nunca podría pasar las pruebas, a menos que... La idea era brillante: no ser yo, sino cualquier otra persona inventada, alguien con carisma y gracia, alguien como Alfa, por ejemplo, pero que no sea Alfa. Le pedí permiso a mi madre para presentarme a las pruebas y me sorprendió accediendo.

Estuve toda una semana preparándome. Dejé otra vez de ser Alia para convertirme en Sofía —me pareció un nombre muy artístico—. Sofía era una adolescente agraciada, sensible, espontánea, le gustaban las canciones y los cuentos tradicionales rusos, las conversaciones largas y las fiestas populares. Me presenté al examen el sábado siguiente y lo pasé con éxito. Canté «Katiusha», que venía cantando desde el círculo infantil, conté la historia del pescador que se quedaba sin un solo deseo cumplido por culpa de la avaricia de su mujer, y recité el poema de Lérmontov sobre el velero solitario que tanto le gustaba a Liena: me lo sabía muy bien, incluso con todas las entonaciones que ella le daba, y las pausas. Sofía cautivó a la instructora de teatro y a los otros niños que esperaban su certamen. En total fuimos quince los aprobados, quince afortunados candidatos a actores. El siguiente sábado comenzaríamos el taller.

Me resultó fácil practicar teatro siendo Sofía, me resultó fácil relacionarme y desenvolverme. Pronto iniciamos el montaje de una obra en la que, por supuesto, yo era la protagonista.

Ensayaba con soltura y me sentía feliz. Tenía muchos amigos, y entre ellos se me apegó especialmente una niña un par de años menor, llamada Olga, a la que yo le hacía poco caso a pesar de sentir su admiración y disfrutarla.

El día del estreno invité a mi madre, que se portó más afable que nunca. Recuerdo con qué serenidad me vestí y me maquillé, con qué maestría subí al escenario. Se abrió el telón, vi la sala llena de gente, y de pronto quedé en blanco. Sofía me había traicionado en el momento más importante. Me mantuve muy rígida bajo las luces, mientras entre el público y el resto de los actores pasaba una ola de discreto pánico.

La instructora tuvo que salir y literalmente arrastrarme fuera del escenario. «Has arruinado mi prestigio. Me decepcionaste», dijo llorando. Mi reacción era casi nula. Me senté en el piso del vestidor a mirar la pared descascarada. Entonces se me acercó Olga y dijo riendo: «Eres genial, acabaste con todos ellos». La miré, la vi reír y me dio risa también, nos reímos las dos mucho tiempo como si todo no hubiera sido más que una broma.

Por supuesto, no volví más por la Casa de Cultura. Ni siquiera a la biblioteca, con tal de no tropezarme a la instructora decepcionada. Pero sí toleré una especie de amistad con Olga, en la que sin tener que fingir lograba medianamente una comunicación. Imagino que me resultaba más fácil porque ella era menor que yo y, por lo tanto, la creía poco significativa. Nos veíamos de vez en vez, intercambiábamos libros, yo le leía mis últimos poemas, ella los celebraba; en general, todo bastante aburrido, manido y cómodo.

Se acercaban los exámenes finales de la secundaria y de la escuela de pintura: tenía que elegir un destino posterior, cosa que me resultaba sumamente molesta; pasaba mucho tiempo delante del buró con la mente en blanco, absolutamente hundida en mi fondo color esmeralda, y lo que menos deseaba era escapar de ahí.

En una ocasión mi madre me encargó cuidar de mi hermano para salir a no sé qué actividad del trabajo, y él se puso a mortificarme tocando algo absolutamente disonante en el piano, sabiendo bien cuánto me molestaban los sonidos altos e inarmónicos. Le cerré la tapa sobre los dedos con tal violencia que no pudo practicar por un buen tiempo.

Otro día ella advirtió que regresaría tarde y que le diera a él la comida que había sobre el fogón. Se la serví, pero mi hermano se negó a comer. Lo agarré por detrás del cuello hasta hacerlo llorar y aproveché que había abierto la boca para meterle la cucharada de comida. No le quedó más remedio que tragar antes de lanzar el siguiente grito. Volví a empujar la cuchara en su boca. Le hice comerse la cazuela completa, una comida que estaba calculada para tres y sobraba.

Me asusté. No le temía a mi madre ni su castigo, me asusté de mí misma, de algo que tenía dentro, algo oscuro que crecía de pronto y me nublaba la vista. Comprendí que debía cambiar de aires, y decidí que después de las pruebas finales me iría a estudiar cualquier cosa bien lejos de mi casa.

Busqué en la guía de tecnológicos de todo el país, y me decidí por uno especializado en carreras pro-teatrales, ubicado en la célebre Odessa. Elegí escenografía, se lo hice saber a mi madre, y ella volvió a sorprenderme con su aprobación.

II.

Me enamoré de Odessa nada más pisarla. El aire de mar traía recuerdos imprecisos, despertaba deseos e ilusiones, me despertaba. Debía pasar las pruebas de ingreso a toda costa, tenía que vivir en Odessa, caminar sus calles, bañarme en sus playas.

Me hospedaron en el albergue de la escuela junto con otro montón de muchachas que deseaban vivir en Odessa, estudiar en Odessa. Eran muchas, todas talentosas y optimistas, todas con posibilidades de ganarse la rifa, de ser elegidas.

Acudí por segunda vez a Alfa, la suprema, la número uno. Tenía que ser el uno, sabía que sólo siendo Alfa lo lograría. Alia quedó en la anonimidad del cero.

El día que me enteré de que fui aceptada, visité el mar por primera vez en muchos años. No recordaba lo desmedido que era, tan persistente, tan generoso. En alguna parte había un país rodeado de mar, un país quimérico. Miré las olas pensando en lo extraño que resultaba todo, en lo incongruente que era. Estaba otra vez cerca del mar, había logrado lo que deseaba, me encontraba a un montón de kilómetros de mi casa, iba a estudiar lo que había elegido, pero no me sentía nada jubilosa. Algo faltaba y no sabía lo que era.

Las muchachas se iban del albergue, regresaban a sus hogares, tristes, algunas llorando, sólo quedábamos las mejores, las más dotadas e inteligentes. Debía resolver con quién compartir el cuarto, no me había preocupado en conocer a nadie, no me había fijado en ninguna, aunque todas, por supuesto, se habían fijado en la deslumbrante Alfa.

Hicimos una fiesta, compramos vino, galletas y queso. Yo aparentaba participar, reía y cantaba con las demás, hasta conté un par de chistes que recordaba del viaje al campamento de pioneros, pero en realidad estaba observándolas, estudiándolas, para decidirme por una. Todas parecían simpáticas, pero al fin noté a alguien diferente, alguien que sobresalía por su silencio. Me acerqué, le pregunté el nombre. «Diana», respondió. Tenía ojos amarillos, como los gatos. «Soy Alia», dije, «pero me dicen Alfa…». «Lo sé», sonrió. «Te he escuchado…». Hablaba con cierto escepticismo y lentitud, parecía algo aburrida, muy serena, casi despectiva. Me senté a su lado tratando de averiguar más. Contestaba mis preguntas con pereza; era mayor, tenía diecisiete años, mientras yo apenas había cumplido quince; no le gustaba leer ni la música clásica, prefería el cine y el rock. «¿El rock?». Me pareció inconcebible. Me miró con sus ojos amarillos y no contestó. Su tranquilo aire de superioridad me cautivó, sus gustos extravagantes me desconcertaron, había acabado de hacer la elección. «¿Ya sabes con quién vas a compartir el cuarto?», hice la última pregunta. «¿Y tú?», riposto con otra. «Si estás de acuerdo, contigo», dije, y por un movimiento afirmativo de su cabeza me enteré de que estaba de acuerdo.

Diana resultó ser una muchacha doméstica, muy laboriosa y pulcra, pero verdaderamente monótona. Su única diversión, fuera de oír a los Beatles en su grabadora, era ir a ver las películas que ponían en el cine frente al albergue. Yo la acompañé un par de veces, pero me resultaba más animado frecuentar las fiestas y reuniones de un grupo que poco a poco se iba formando, y en el que yo era líder. A Diana le aburrían esas fiestas y nos fuimos distanciando, hasta tener un abismo por el medio. Lamenté mi elección, pero ya era tarde. Por otro lado, debía agradecerle llegar a tiempo a las clases y alimentarme casi con frecuencia: ella, siempre, tan disciplinada.

Estaba descubriendo un nuevo mundo, una nueva vida, la verdadera vida, pensaba yo. Se me reveló que las personas beben y fuman, y comencé a beber y fumar delirantemente. Pasaba noches enteras en la azotea del edificio con mis nuevos amigos. Éramos exactamente seis, como en mi grupo inventado, pero este era real y por lo tanto, magnífico.

Me sentía muy a gusto siendo Alfa. Había olvidado a la Alia acartonada y susceptible que fui, creía por fin haberme encontrado. Pasaba las noches bebiendo, de día me dormía en las clases, por las tardes caminaba, iba al teatro, al ballet y con frecuencia al mar. Entonces volvía una inquietud inexplicable, una angustia fugaz y honda.

Pero había en el albergue tres muchachas diferentes. Les decían «las viejas», rebasaban los veinte y no se mezclaban con los demás. Eran un mito y suscitaban mil intrigas. Vivían en un cuarto apartado, al final del pasillo, y todas sabíamos que las visitaban hombres. Nadie tenía acceso a ese cuarto, a menos que se supiera la contraseña, que para colmo cambiaba a diario. Esas sí llevaban una vida adulta, una vida verdadera, pensaba yo, muriéndome de curiosidad. Ni la alucinante Alfa había logrado romper con el secreto de «las viejas», con su impenetrable parcelación. Una de ellas, Elena, estudiaba en el mismo grupo que yo, pero jamás intercambiamos ni media palabra.

Hasta un día.

Había faltado la profesora de dibujo, pero teníamos otro turno de clases después del suyo. Las estudiantes se dispersaron, cada cual por su lado, y yo preferí quedarme sola en el aula; no tenía deseos de salir, opté por adelantar algo de las tareas. Leía, cuando se asomó en la puerta el chofer de la escuela.

—Estás sola —dijo—. ¿Qué haces sola?

Le expliqué.

—¿Y por qué no vamos a tomarnos un café? —preguntó.

No me pareció mala idea. Beber café sonaba muy elegante, todos bebían té, el café era algo exótico y además tenía que ver con el país que dolía oscuramente en el mismo fondo de mi ser.

—Vamos… —respondí resuelta.

Me llevó a un bar, compró el café para mí y un trago para él. Se escuchaba una música lejanamente conocida.

—Es Julio Iglesias —explicó el chofer de mi escuela—. ¿Nunca lo has oído?

—No estoy segura —mentí recordando las colas para los cines en aquella ciudad semiolvidada, y mi madre comentando que ya ha visto la película ocho veces, y la gente cantando que la vida sigue igual, y Malena aprendiéndose las canciones que yo le copié de una libreta prestada por uno de nuestros «novios»…

—Es un cantante muy sensual, ¿no te parece?

Me encogí de hombros. Comenzaba a incomodarme el chofer de mi escuela. Me habló de que yo le gustaba y quería que viviera en su casa, que era pequeña pero muy acogedora, y podía complacerme en todo… De pronto acercó su cara a la mía y me dio un beso. Era el primer beso en mi vida que alguien me daba en la boca, y lo sentí desagradable, casi repulsivo.

—¿Te irás a vivir conmigo? —preguntó.

—Sí —dije sorpresivamente.

—Te esperaré después de las clases, muñeca…

Me acompañó hasta el aula, que seguía vacía, y me quedé sentada muy quieta. Ya no me sentía Alfa. Era Alia creyéndose morir.

Entonces fue que entró Elena, me miró como si me viera por primera vez, y preguntó qué me pasaba. Se lo conté todo, atropellándome, perdiendo el hilo y temblando de agitación.

—No te preocupes —dijo Elena—. Yo estaré contigo.

Me explicó que el chofer de la escuela era un desvergonzado, un inmoral, que podía hacerme mucho daño, lo conocía bien, y con ella él no se atrevería a enfrentarse.

—Después de las clases saldremos juntas…

La miré desde abajo. Me sabía Alia, definitivamente era Alia. Temblaba.

Cuando llegamos al albergue, Elena me dijo que podía ir a verla cuando quisiese, me pasó la contraseña y yo bajé, compré un ramo de flores y volví a subir para tocar en su cuarto.

11.

El tercer amor de mi vida se llamaba Elena y le decían Elena. Ella misma exigía que la llamaran así, detestaba los diminutivos. Era diez años mayor que yo y muy bonita. Tenía el pelo muy negro y los ojos muy negros y la piel muy pálida. A pesar de no ser alta, lo parecía. No era alta, era altiva.

Estudiaba junto conmigo escenografía, adoraba el teatro, soñaba con trabajar entre candilejas de cualquier cosa, pero era muy buena en la pintura y el diseño, iba a ser una excelente escenógrafa. Además del teatro, le gustaba bailar y los hombres. Tenía un amante en el albergue que estaba casado y era vecino suyo. Vivía en el cuarto contiguo, los dos cuartos se comunicaban por un balcón y, cuando la esposa no estaba, él se mudaba con ella o ella se mudaba con él. Era muy cómodo para todos, supongo.

Yo la visitaba a menudo y me sentía privilegiada; casi nadie tenía acceso a su vida. Me contaba sus problemas, tomando mis manos entre las suyas. «Eres una niña, decía, no me puedes entender, pero en el mundo hay tantas cosas injustas...». Yo me gastaba todo el estipendio y todo el dinero que me mandaba mi madre en hacerle regalos. Cuando no me alcanzaba, robaba para hacerle regalos. Ella los aceptaba como algo natural, apenas les hacía caso. Un día vi a la hija de su vecino, de su amante, con el muñeco de peluche que le había obsequiado.

Diana, mi compañera de cuarto, se enteró de todo y me despreciaba en silencio; mis amigos, un grupo muy confortable que yo logré reunir en torno mío, también me despreciaban, pero a mí me no me interesaba. Le robaba a Diana los pasteles que preparaba para nuestro desayuno, les robaba a mis amigos la bebida que compraban para nuestras reuniones, robaba en el mercado bombones y juguetes, y me sentía muy feliz. Elena me permitía estar cerca.

Una vez falté a la escuela un día, y fui al médico con la intención de mentirle para obtener un certificado. En la escuela eran muy rigurosos con eso de las ausencias. El médico me dijo que me quitara la blusa para auscultarme y lo que hizo fue tocarme un poco los senos, me recordó al profesor de inglés, me quedé muy quieta; finalmente obtuve el papelito. Cuando Elena me dijo que la iban a botar por haber faltado diez días, volví a verlo.

Él no se acordaba de mí. Di el nombre de ella y sus datos, dispuesta a quitarme la blusa. «Siéntate», dijo para mi sorpresa. Me senté. Se desabrochó el pantalón, se sacó el miembro, lo acercó a mi boca y dijo: «Dale besitos». Era la primera vez en mi vida que yo veía un pene. Me pareció enorme y horrible. Ingenuamente, «di besitos» en aquella cosa. «No es así», dijo el médico. «Tómalo completo con la boca…». Obedecí. Me subió la arqueada, no la pude contener y vomité. El médico terminó masturbándose, pero me hizo el dichoso papel. Elena estaba a salvo. Recuerdo cómo caminaba por las calles de Odessa de regreso al albergue. Algo había cambiado en el mundo, en mi concepción del mundo. Miraba a los hombres y no podía creer que todos tuvieran «eso». Era espantoso. Sentía mucha hambre, pero ver comida me daba asco. Mi boca me daba asco. «Elena está a salvo», me decía, «está a salvo». Nada más importaba, me creía capaz de cualquier cosa con tal de que ella estuviera bien. Le entregué el papel sin comentarle cómo lo obtuve, y su sonrisa y las gracias fueron suficientes para calmar un poco la inquietud.

Se acercaba el fin de año, ella no tenía arbolito de Navidad, y como Diana había comprado uno, yo se lo llevé. Diana lloró, no quiero pasar el fin de año contigo, dijo. Elena lo iba a pasar con su amante. Mis amigos del grupo lo iban a pasar juntos, pero desde hacía un tiempo habían dejado de invitarme a las reuniones. Compré una botella de vodka y me fui a la orilla del mar. Ahí esperé aquel año nuevo, mirando las olas y emborrachándome en silencio. Todo parecía tan pasajero, tan inútil…

Al regreso, subiendo las escaleras, me topé con el amante de Elena.

—¿Ya celebraste el fin de año? —preguntó.

—Ya —dije—. La pasé fabulosamente bien… Sola.

—¿Sola? —repitió como dudando—. ¿Y ya celebraste el año nuevo?

—No —respondí—. Pienso hacerlo ahora.

—¿Qué te parece si subes a mi cuarto y lo celebramos juntos? Yo tampoco he bebido hoy…

Acepté encogiéndome de hombros.

Atravesamos el cuarto, donde sobre la cama matrimonial reposaban la mayoría de los peluches que yo le había regalado a Elena; entramos a la cocina, una copia casi exacta de la cocina de al lado; nos sentamos ante la mesa cubierta con un mantel de hule, dibujado de frutas por todo el espacio. Él puso la botella y dos copas encima del mantel, entre las frutas. Me miró. Sonreía, parecía muy amable. Destapé el vodka, serví los tragos.

—Por nosotros —dijo el amante de Elena y chocó su copa contra la mía.

Yo nunca supe su nombre ni su profesión (era su mujer la que estudiaba en mi escuela, en el último año de la carrera de vestuario). Yo nunca supe si era lindo o feo, alto, gordo, enano o jorobado. Lo había visto sin ver algunas veces en la cocina contigua, pero no significaba más que el amante de Elena, una mancha borrosa, una presencia trivial como quien dice «el perrito de Elena», o sus pantuflas, o el libro que está leyendo, algo sin la menor trascendencia, al menos para mí. Bebía vodka con él sin siquiera preguntarme porqué estaba haciéndolo, como bebería con cualquiera que me invitara a un par de tragos, como hacía la mayoría de las cosas que hacía por aquella época, dejándome llevar.

Cuando se acabó la primera botella apareció otra, y mis recuerdos comienzan a confundirse, se vuelven fragmentados y bruscos. Él hablaba casi sin parar. En un momento pidió que acercara mi silla a la suya, me abrazó. Más tarde apareció Elena, estuvo unos minutos con nosotros, se tomó uno o dos tragos y se fue. Después yo estaba encima de su cama entre los muñecos como una muñeca más. Después algo me desgarró las entrañas y yo comencé a llorar de dolor y de miedo y él me mandaba a callar tapándome la boca con la suya. Después yo vomitaba y él me arrastraba al baño. Después me caía agua helada encima y yo temblaba, lloraba y vomitaba a la vez sentada en el piso de su ducha, y él decía algo en tono de rabia y repulsión. Después él me sostenía semidesnuda delante de la puerta de mi cuarto, hasta que Diana abrió. Recuerdo la cara de Diana, esa expresión suya de «yo te lo dije». Después yo dormía en mi cama y me despertó la voz de Elena, una voz cargada de odio gritándome que la había decepcionado, que soy una ingrata, una víbora, una canalla. Recuerdo la boca de Elena escupiendo insultos, sus ojos de aborrecimiento. Recuerdo el dolor. Nunca antes había sentido ese dolor. Tragaba aire, pero no lograba respirar. Después yo estaba en el baño sacando de la envoltura una cuchilla de afeitar, pasándomela por la muñeca una y otra vez, y la sangre se abría en abanico sobre los azulejos verdes. Y por último, Diana tocando en la puerta del baño y exigiendo que le abra inmediatamente, y Diana rompiendo la puerta.

12.

Alia abre los ojos con trabajo, pero los cierra inmediatamente; la luz despierta el dolor, el dolor se expande en ondas
por todo el cuerpo, el cuerpo es dolor y dentro también todo
es dolor. Escucha sonidos que le indican que no está sola, pero
no logra ubicarse. Poco a poco recuerda caras conmocionadas
rodeándola, jeringuillas, el sonido de una ambulancia, largos
pasillos blancos. Se pregunta si no está soñando y se obliga a
abrir los ojos.

La luz a su alrededor es tenue, verdosa. Inunda dulcemente
una amplia habitación con cuatro filas de camas, dos en cada
fila. Sobre las camas se encuentran mujeres que visten batas
azules, todas iguales. Alia descubre que ella misma viste una
bata azul. «¿Dónde estoy?». Se hace la clásica pregunta para el
lugar y momento, pero el dolor le impide concentrarse, cierra los
párpados que pesan una tonelada cada uno y vuelve a hundirse
en un pastoso sueño.

La despierta deun tirón por el hombro una mujer que, a
diferencia de las demás, viste bata verde oscuro. Le ayuda a
levantarse, y la conduce por el pasillo hacia una pequeña habitación, donde tras un buró está sentada otra mujer, que viste
bata blanca. La deja en una silla a un costado del buró y se
marcha, cerrando la puerta.

—Entonces... —la mujer de la bata blanca apunta algo en
un cuaderno a la vez que habla—. ¿Qué tenemos aquí? ¿Una
jovencita que ha decidido solucionar sus problemas quitándose
la vida? ¿Cómo se siente? —cambia de tono y levanta la cabeza.

Espera algunos instantes, se saca los espejuelos, les limpia
los lentes con un extremo de la bata y se los vuelve a colocar
sobre la nariz.

La nariz es roja y carnosa, llena de hoyos minúsculos y venitas y puntos negros; una nariz francamente fea.

Está bien –sonríe y la nariz baja las aletas–, no me responda si no lo desea. Aunque es una lástima. Es una lástima para ambas. Para mí, porque limita mis posibilidades de ayudarle; para usted, porque demorará su estancia entre nosotros...

Alia no da ninguna señal de haberla escuchado. Sigue sentada muy recta sobre la dura silla metálica y mira algún punto indefinido por encima del hombro de la mujer, que vuelve a anotar algo inacabable.

De vuelta por el largo pasillo, Alia alcanza a ver varios cuartos, todos repletos de mujeres vistiendo batas azules, todas iguales. La enfermera la deja frente a la cama vacía y se sienta afuera en una silla blanda.

No te acuestes ahí –dice una mujer de bata azul–. Todo el que se acuesta ahí muere a la mañana siguiente.

Alia arregla la sábana. Cuesta trabajo porque es muy pequeña y se sale desde debajo del colchón.

–No te acuestes ahí –repite la mujer de la bata azul– si no quieres amanecer muerta.

Alia logra al fin acomodar la sábana y se acuesta de cara a la pared.

–Allá tú –dice la mujer de bata azul–, ya verás mañana cómo amanecerás muerta por no hacerme caso...

–No te preocupes –escucha otra voz a su espalda–. Duerme tranquila, ella está loca.

–Más loca serás tú –protesta la primera voz.

Alia cierra los ojos para no oír la discusión.

La noche entera hubo voces. Alia trató de ignorarlas, pero la noche entera estuvo consciente de que se encontraba rodeada por mujeres que visten batas azules, todas iguales. En realidad, las voces no molestaban; la luz encendida, sí. No le permitía ver bien las cosas por mucho que apretara los párpados. Abrió los ojos sólo cuando otra voz, diferente a las demás, le gritó en la oreja que debía levantarse. Se sentó, sacudiéndose en una vibración menuda y pegajosa. Por alguna inexplicable razón habían desaparecido todas las mujeres de batas azules. La que tenía delante vestía bata verde oscuro, pero no era la misma que había visto antes. Se parecía algo a su madre; quizá en la forma de entonar el monólogo a manera de aullido, o de subir y bajar la barbilla con cada pausa. Las pausas eran cortas, y las palabras se unían en una sirena aguda, una alarma incomprensible. Alia se tapó los oídos con los dedos y gritó para cortar el miedo. Se hizo silencio, luego volvió el aullido de la bata verde, otra voz más, y un dolor breve y punzante en el hombro. Poco a poco volvieron las mujeres, todas iguales.

Por primera vez en mucho tiempo soñó con Malena. Malena era mayor y de pelo muy largo. Usaba guantes negros hasta los codos. Todo el tiempo reía, pero en algún momento señaló una puerta pintada de rojo y dijo: «Ábrela, están tocando». No había sentido el timbre ni quería abrir la puerta. A continuación, de pronto estaban en otro lugar, una especie de parque. Malena le pasaba sus manos metidas en los guantes negros por la cabeza, muy suavemente. Despertó despacio, sintiendo que Malena aún le acariciaba el pelo. Abrió los ojos y vio que era una de las mujeres de bata azul. Tenía el cráneo rapado, sonreía, y le faltaba uno de los dientes superiores. Al saberse descubierta, se echó a reír y se trasladó hacia la cama contigua.

No durmió en el resto de la noche. Miraba la pared e imaginaba dibujos en las irregularidades y manchas. La mayoría de los dibujos eran ojos. Casi al nivel del colchón alguien había rallado en la pintura la palabra PUMA. Leyó muchas veces la palabra hasta aprendérsela de memoria.

En el cuarto había ocho camas, las paredes estaban pintadas de verde grisáceo y en una de ellas, la que daba frente por frente al pasillo, había una ventana en lo alto cubierta por una reja.

Tras la reja se veía un pedazo de cielo azul grisáceo, gris azuloso o negro, en dependencia de la hora. Las mujeres sobre las camas dormían, reían, conversaban entre ellas o solas, y a veces gritaban. Cuando gritaban demasiado, venía la mujer de turno con su bata verde, y les pinchaba el hombro con la jeringuilla. Cuando la mujer de la bata azul no dejaba que le pincharan el hombro, venía otra mujer de bata verde y la sujetaba, o entre las dos la ataban de pies y manos a la cama con largas toallas.

Poco a poco Alia se familiarizó con el curso del lugar y su itinerario; tragaba las pastillas a la hora señalada, tragaba la comida de modo regular, dormía e iba al baño, y dibujaba por encargo de la mujer de bata blanca y nariz deforme hombres, mujeres, árboles y casas. Lo único que no hacía era hablar. Por más que se lo pidieran, exigieran, exhortaran, no lograba articular palabra alguna. Su mirada flotaba apacible y cándida sobre los objetos y personas sin demora ni sobresaltos, una mirada de la más pura enajenación, como si hubiera perdido todo vínculo con la realidad, todo estímulo.

Algunas mujeres de batas azules intentaban comunicarse con ella; le regalaban cigarros que fumaban escondidas en el baño, le regalaban golosinas traídas por sus visitas, le decían palabras cariñosas y le pasaban la mano por el pelo y los hombros. La rapada de la cama contigua le sonreía con su dentadura deficiente y le daba la bendición todas las noches.

«Puma», leía Alia en la pared. «Puma – puma – puma – puma – puma – puma…».

12.

Tienes visita —anuncia la enfermera de bata verde.

La sigo por el pasillo, doblamos, hay otro pasillo y al final, al lado de la ventana, una figura dolorosamente conocida. Siento cómo vuelvo a temblar con el cuerpo entero, toda la piel, los huesos y las vísceras.

—Te odio —dice la mujer de la ventana y me abofetea en ambas mejillas.

Lentamente mi espalda resbala por la pared hacia el piso, mis piernas se doblan y caigo como un muñeco sin guata.

—¡Enfermera! —oigo el grito de mi madre que trata de levantarme—. ¡Ayúdenme!

Ya sobre mi cama siento de repente reventar en el pecho una especie de bolsa donde se acumulaba el dolor, y lloro sin contenerme: lloro, lloro, lloro. Alguien me abraza, me arrulla como a una niñita, otra persona me separa violentamente de las manos que acariciaban, me dan el pinchazo tóxico en el hombro, me amarran, inmovilizándome. Todavía logro percibir los ojos piadosos de la mujer de la cama contigua, su mano trazando la cruz en el aire sin parar, su boca murmurando consuelos, luego me pierdo sin rastro en un laberinto helado y yermo.

12.

Vera me extiende una naranja y sonríe. Es la persona mas linda que conozco, a pesar de que le falta un diente y el pelo. Huelo la naranja hondamente, cierro los ojos y aspiro el perfume de mi infancia; muerdo la cáscara, y mi boca se llena de intenso amargor: otra vez estoy en Cuba, siento el sabor de su tierra. «No llores más», pide Vera y me roza el pelo con los dedos; sé que me quiere abrazar, pero está prohibido por el reglamento interno. Para distraerme, me cuenta historias de las locas, me narra destinos absurdos sobre mujeres tristes. Mientras mastico la cáscara de la naranja y lloro, Vera me relata su teoría sobre la locura, la vida y la muerte. Ella no la inventó, se la han revelado las voces.

LA DOCTRINA DE VERA

Este mundo y todo en este mundo ha sido concebido por una inteligencia armónica e inmaterial que se acostumbra a llamar Dios, pese a que puede tener cualquier otro nombre. Los elementos llevan su sello, son continuos y armoniosos y están en constante vínculo con la mente creadora. A través de la existencia, los humanos han ido perdiendo la conciencia del enlace, aunque de una forma u otra siempre lo buscan. Sin embargo, hay entre nosotros ciertas criaturas de voluntad propia débil, y por lo tanto de sensibilidad desarrollada, que perciben más intensamente las ligaduras con lo supremo. Algunas llegan a tal conexión íntima que se elevan sin retorno por encima del nivel medio, y el resto de las personas señala la diferencia como iluminación, santidad o locura. La mayoría de los tales llamados dementes no son más que seres próximos a la divinidad.

Muchos de ellos escuchan su voz y otros despliegan poderes que son vistos como milagros, aunque en realidad es un don corriente, que el resto sencillamente no alcanza a utilizar. No somos mortales, aunque en esta proyección tenemos una duración limitada y gozamos de la libertad absoluta para determinar nuestros actos y destinos. Los movimientos que producimos van componiendo una perpetua imagen mutable, similar al de un caleidoscopio gigantesco y exquisito...

Vera habla despacio y me hace mucho bien escuchar su voz. Sin embargo, no creo ni una palabra de lo que dice. Todo suena muy bien, pero ¿dónde queda el sufrimiento que padecen la mayoría de las mujeres aquí recluidas? El mundo es injusto y arbitrario, lleno de casualidades y de penas, de cataclismos e incongruencias. La misma amistad con Vera me lo demuestra: hoy estamos conversando, hoy me regala una naranja y mañana nos separaremos, mañana debo marcharme: ha venido mi madre para llevarme a casa.

13.

Alia avanza por el pasillo interminable escoltada por dos enfermeras. En sus oídos vibra todavía el grito de Vera, pero no siente ninguna emoción particular; parece que las inyecciones y las pastillas le han atrofiado la capacidad de padecer. Le entregan la ropa y unos papeles, la conducen a una sala llena de gente. Descubre a su madre y la sigue hasta la salida.

Le resulta extraño el impacto con el mundo exterior; demasiada luz, demasiado frío, demasiadas personas que se mueven demasiado rápido. La madre le habla, le pregunta, pero Alia es incapaz de hacerse una idea sobre lo que quiere. Siente enormes deseos de fumar, pero no se atreve a expresarlos.

En taxi llegan al albergue, suben las escaleras, entran a un cuarto desconocido. La madre habla, habla. «Tengo sueño», confiesa Alia, se acuesta y cierra los ojos. La madre habla, la sacude, le exige una explicación, grita. Finito, sin fuerzas, Alia llora hasta quedarse dormida.

Se despierta en la oscuridad, mira al vacío tratando de recuperar el sentido de la ubicación. De pronto la asalta una idea, un recuerdo. Mira por un instante a su madre que duerme en la otra cama y sale silenciosa al pasillo.

Otra vez delante de la puerta. Escucha los ruidos intentando identificarlos. Cree captar la voz conocida y punzante. Toca tímidamente. La puerta se abre y queda frente por frente a Elena. Su rostro refleja todo un conjunto de impresiones, desde la sorpresa hasta el temor.

—¿Qué quieres? —dice por fin con tono inseguro.

—Sólo verte —la voz de Alia es más débil aún.

—Ya me viste —hace un ademán por cerrar.

—Quería decirte…

Elena se detiene expectante tras la rendija.

—…que te amo.

—¿Qué importancia puede tener eso? —Elena tira la puerta. Sus tacones irritados se alejan del otro lado.

Alia espera. Se sienta en el suelo a esperar, cree que nadie sería capaz de moverla de ahí. Con el dedo escarba en las postillas de sus muñecas hasta sacarse sangre. Mira la sangre gotear sobre el piso. Tiene muchas ganas de fumar y está terriblemente cansada.

La madre tira de ella maldiciendo y Alia se deja halar, todo le resulta indiferente. «Cómprame cigarros», articula por fin. La madre enmudece por un instante, luego vuelve a injuriarla con más fuerzas

—¡Maldito sea el día en que te concebí! —chilla—. ¡Y maldito sea tu padre con toda su condenada raza!

Ya en el aeropuerto se calma un poco y hasta le compra a la hija un paquete de caramelos para el viaje. «Esto quita las ganas de fumar», le comunica condescendiente. Alia chupa los caramelos de eucalipto contemplando tras la ventanilla del avión el mundo que se le revela tan pequeño, tan miserable. ¿Será que de verdad somos criaturas de Dios? —se pregunta—. ¡Qué mente más cínica la de ese señor para inventar semejante caos!

14.

Me resultó insólito volver a casa de mi madre, caminar por su ciudad, ver personas que había conocido antes de marcharme. De pronto me sentí totalmente crecida, casi adulta. Regresé a los estudios, me faltaba un año y medio de preuniversitario, y la escuela me pareció todavía más chocante. Mis compañeros de aula eran unos chiquillos, sus intereses infantiles me desesperaban, las clases me fastidiaban, en los recesos salía a fumar al patio y me relacionaba menos que antes. Escribía poesía como una maniática, compraba discos de trovadores y por las tardes oía música sentada sola en una esquina de la sala con alguna novela aletargante en las manos. Mi madre me había dejado en relativa paz y mi hermano ni me miraba.

Cuando amainó el frío, tomé el hábito de pasear por las calles. Salía sin avisar, pero regresaba temprano para no tener que dar explicaciones. Me sentaba en algún parque a fumar y ver las palomas. Llevaba semillas de girasol para las aves, y las observaba picotear en el suelo las pepitas negras. Un día una mujer de aire frágil se detuvo frente a mí.

—¡Alia!

La miré y la reconocí enseguida.

—¿No te acuerdas de mí? —dijo en tono de júbilo—. Soy Elena, Liena, la compañera de tu madre…

—Ah, sí —respondí inexpresiva—. ¿Cómo tú andas?

—¡Bien, pero cuéntame! ¡Cómo has crecido! —exclamaba como si estuviera horriblemente contenta.

De pronto me contagié con su alegría, porque a mi ataque de frialdad simulada ella no le había hecho ni el menor caso. Caminamos un rato juntas en dirección al bosque que ceñía la ciudad por un costado. Le confesé que *El pequeño príncipe* seguía siendo mi libro preferido, y me dijo que a menudo releía a Grin, recordando mi dibujo. Traspasamos los primeros pinos y descubrí unas flores de nevadilla bajo los árboles. Las arranqué con cuidado y se las extendí. «¿Irás a visitarme?», me preguntó. «Sí», sonreí. «¿Harás pastel de manzana?». «El sábado, a las cinco…». La acompañé hasta su edificio, pero no me atreví a preguntarle por qué no volvió más cuando tanto la necesité.

Su casa, su vida y hasta ella parecían haberse detenido en el tiempo. Los mismos geranios, los mismos discos, el mismo aire apacible me acogían con dulzura. Más que nunca percibí la soledad de Liena, su penuria provinciana. Tuve ganas de romper con esa candidez, prendí un cigarro y conté de forma chocante mis aventuras en la ciudad de Odessa. Sabía que le hacían daño mis palabras y mis modales, sabía que no concebía otro modelo que el de la virtud y me sentí como una corrompida en casa de alguien menor de edad. Sin embargo, pude advertir su velada fascinación. Me pidió que volviera y volví a menudo de forma esporádica a beber su té y contarle mil falacias cuando las verdades se me tornaron lacerantes, mil mentiras que ella se tragaba encantada.

Ya no la amaba. Nunca pude perdonarle que hubiese abandonado tan a traición, sin un pretexto ni motivo explícito, a aquella niña tan oprimida que fui. Pero me resultaba agradable su casa y entretenida su amistad, que para colmo, era la única que tenía.

15.

Rayando las vacaciones de verano, recibí un sobre de Moscú. Mi madre me lo extendió con una mueca de desdén y se quedó a mi lado hasta que terminé de examinar su contenido completo, esperando mis comentarios.

Venían dos cartas y varias fotos. La primera me explicaba que el remitente era Ernesto, el hermano de la actual esposa de mi padre, que estaba trabajando en la embajada de Cuba en Moscú y tenía muchas ganas de conocerme. Me invitaba a pasarme parte de las vacaciones en la capital y prometía un consistente y divertido programa. La segunda era una nota de mi padre. Escribía que me extrañaba a mí y mi hermano, que se moría de ganas de vernos y que tenía una hija pequeña llamada Aurora, muy graciosa en su opinión y parecida a mí. Las fotos eran precisamente retratos de la tal Aurora, criatura cabezona y raquítica de grandes ojos negros y piel demasiado oscura. No hallé la similitud por ningún lado.

Le hice un resumen de los escritos a mi madre y le extendí las fotos con malicia contenida. Sabía que le dolería. Todo lo relacionado con mi padre le dolía, mi propia existencia incluida. Le comenté la invitación de mi tío político y manifesté deseos de visitarlo. Mi madre vaciló por unos instantes, pero finalmente asintió encogiéndose de hombros. «Ya que tu padre no te pasa el sustento, al menos por unos días aprovecha a cuenta del pariente...».

Envié un telegrama anunciando el viaje y preparé la mochila.

16.

Moscú, Maskvá, la Moskovia, mundo heterogéneo de mil matices, donde convergen todas las aristas de la esencia rusa, todas las contradicciones entre barbarie y progreso, sagrado y profano, Europa y Asia; ciudad de infinitos semblantes, quemada cien veces y renacida con humilde estoicismo, mezcla única de aberración, gloria y tristeza. Su cielo de noche es patéticamente rojo sobre la más roja de las plazas, su aire está viciado de proclamas, sus hombres se emborrachan y lloran como mujeres y sus mujeres corren agitadas para alcanzar el último tren; y sus viejos y niños y perros, las iglesias ortodoxas y supermercados y los gitanos, los hoteles, ancianas con pañuelos en las cabezas y el aroma a col agria y a clavel.

Moscú se tragó a Alia en la estación Bielorusskaya de trenes, la absorbió con apática premura, la incorporó al perpetuo hormiguero de transeúntes y la olvidó, impasible. Alia se supo insignificante ante tanta grandeza, algo en su interior tembló, sintió en la boca el sabor de las lágrimas. Desde una ventana abierta se escuchaba, por encima del ruido del tráfico y la muchedumbre, una canción ancha como la estepa: «Andan los caballos encima del río / buscan los caballos saciar la sed / no bajan a la orilla / de tan violento ribete…». Alia se tragó las lágrimas junto con el aire moscovita, la canción, el hollín, y por primera vez en su vida se creyó rusa hasta la médula, identificada, en casa. Su sangre había atendido por fin los reclamos de la Madre Patria, respondiéndole con fluidos acelerados, el corazón no le cabía dentro; tuvo ganas de gritar, de caer de rodillas, delirante, de besar la tierra, *su* tierra.

16.

Ernesto me había escrito que fuera directo a la embajada, un rincón cubano en el corazón de Moscú. Me recibió con su espléndida sonrisa de mulato, me mostró las oficinas y me presentó algunos coterráneos. Luego almorzamos comida criolla: arroz, frijoles negros y cerdo asado con cerveza. Estaba mareada. A mi alrededor se hablaba en español; en una pared colgaba un enorme afiche con la imagen de Varadero, playa deslumbrante; la comida tan condimentada y la música de ritmo subido, todo hacía resonancia, de modo casi doloroso, con ciertas cuerdas de la memoria.

Ernesto me hablaba de mi padre y de La Habana, reía, intercalaba preguntas sin esperar respuesta, bebía la cerveza a grandes sorbos, y me parecía que su voz olía a sol y palmas y a una fruta tropical muy dulce cuyo nombre no recordaba.

Mas tarde me llevó a su apartamento, donde nos esperaba su esposa Yara, una pequeña mujer aindiada, de pelo negrísimo y ojos oblicuos siempre sonrientes. Me pusieron música cubana, mostraron fotos y postales, bailaron entre tragos de nombre raro, el Daiquirí que preparaba Ernesto y el negrísimo café que colaba Yara. Movían provocativamente sus cuerpos, se besaban y reían invitándome a bailar, mientras yo los observaba desde el sofá e intentaba sonreír.

Aquella noche lloré en su hogar intensamente cubano, mirando tras la ventana una ciudad intensamente rusa. Me sentía partida en dos pedazos irreconciliables, dos mitades en pugna, una combinación incompatible y cruel.

16.

Fueron dos semanas explorando aquella capital, sus museos y teatros, los cafetines de comidas tradicionales y la telaraña del metro donde cada estación es un descubrimiento; dos semanas recorriendo las anchas avenidas y los barrios de callejuelas intrincadas, el imponente Kremlin con la inevitable visita al cadáver del Maestro, la feria de logros científico-técnicos y el bohemio bulevar de Arbat, dos semanas regodeándome cada noche en el ambiente tropical de la casa de Ernesto y Yara, compartiendo con ellos una latinidad casi olvidada, la música salsa y la comida criolla, mucho ron añejo, mucho café negro y muchas conversaciones al estilo «recuerdas-allá-en-La-Habana»…

Y al fin el último día, mi último día en Moscú, más soleado que los otros, más depurado y luminoso, como premeditadamente. Camino por las calles sin rumbo, sola. Ernesto trabaja, y Yara se ha quedado en casa preparando la cena de despedida, todo un banquete; camino sola. Apenas miro nada: sé que es imposible apresar lo que me falta por ver y conocer en unas escasas horas; sólo camino. De pronto me sorprende un grito: «¡Alfa!». Me vuelvo, tropiezo con los sonrientes ojos de una muchacha, la saludo sin descifrar dónde antes había visto ese rostro, pero ella me ayuda: «Soy Liuba, ¿recuerdas? El campamento de pioneros…». Y súbitamente me inunda aquel verano, la guagua, el coro de niños y una amiga a mi lado, tan confiada, tan quebradiza.

—¡Claro! —exclamo, adoptando la personalidad de Alfa—. Pero cuéntame, ¿qué haces? ¿Cómo te ha ido?

—Estoy estudiando en la Lomonosov. Psicología, como siempre soñé, ¡es lo máximo! Y Moscú, la gente, todo, ¡estoy arrebatada! Pero tú, ¿en qué andas? ¿Y tu grupo?

—Mi grupo hace tiempo que no existe. Estaba pasando unas vacaciones por acá, mañana regreso a casa…

—¡No puede ser! —grita Liuba (todo el tiempo grita)—. Si acabamos de encontrarnos… Te tengo que enseñar…

—Enséñame hoy…

Entonces ella me sumerge en el laberinto del metro y gritando sin parar me conduce a la más auténtica galería de arte contemporáneo, según su criterio, y esta resulta ser la vivienda de una mujer muy extravagante, que nos muestra cuadros abstractos absolutamente carentes de matices, colgados en las paredes encima de seis o siete cunas donde lloran montones de bebés sucios entre moscas y olor a meados. Mas tarde bebemos vino casero y agrio en una cocina apestosa. La dueña de la galería y de los bebés pone un gramófono de antes de la guerra con un disco de tangos, y Liuba entabla con ella una larga discusión acerca del arte pop. Llegan otras personas, todas rarísimas, y aprovecho para escurrirme en silencio. Liuba me alcanza en la esquina:

—¡Espera! Si no te he enseñado nada, es sólo el comienzo…

—Liuba, no te pongas brava, pero me duele la cabeza…

—¿Y esta noche? —su mirada es casi implorante—. Puedo conseguir entradas para el Bolshói…

—¿Seguro? —es una tentación, ni Ernesto a través de la embajada había logrado llevarme al teatro más afamado del país.

—Seguro… Espérame en el metro a las siete y media.

En casa de Ernesto me está aguardando una fiesta. Hay otros cubanos, alegres y atractivos, mucha comida típica, bebida, música. Todos hablan a la vez en una mezcla de ruso con español y no se entiende nada, pero resulta muy divertido. Yara me regala un collar de caracoles y su esposo pronuncia un discurso por mi pronto regreso a la Patria. Así mismo dijo: «a la Patria». De repente no tengo ganas de ir al teatro, no tengo ganas de abandonar a esa gente que me asume como suya. Bebo, río, converso. Pero tras la ventana titilan las luces, es mi última noche en Moscú y en el momento menos esperado, para mi propia sorpresa, salgo sin avisarle a nadie y tomo el metro para el centro.

Liuba no está. El reloj de la estación marca los minutos y ella no llega. Se me acercan dos hombres de traje invitándome al concierto de un tal Ptichkin. Dicen ser cantantes de ópera, tenores, prometen una noche en grande. Les explico que voy al Bolshói, pongo una cara muy especial al pronunciar «Bolshói», el Gran teatro. Sonríen comprensivos y me invitan a vernos más tarde. «Tal vez», me encojo de hombros. Se van, Liuba no llega. Son las ocho y media y Liuba no llega. El metro está casi vacío, delante de mí han desfilado montones de personas vestidas de gala con boletos en las manos. He dejado una magnífica fiesta, le he hecho un desaire a mis amigos cubanos que me acogieron como a una igual, he rechazado la propuesta de acompañar a dos tenores al concierto de Ptichkin que debe ser un artista maravilloso, todo por gusto. Liuba me ha dejado embarcada, ni siquiera sé cómo localizarla y mañana me voy. Abatida salgo del metro para meterme en una cafetería a tomar té con rosquillas. De pronto comprendo que esta ha sido su venganza, que Liuba no me perdonó haberla engañado con aquel cuento del grupo en el campamento de pioneros y me da un ataque de risa. La gorda camarera pregunta si estoy bien. Le pago dándole una propina excesiva para mi bolsillo y salgo con la firme decisión de salvar la noche, mi última noche en Moscú.

Oleg y Vlad compran champán, chocolate y manzanas en un mercado que abre toda la noche. Quieren lucirse ante las «niñas», que somos Tania y yo. A Tania la conocieron de regreso del concierto, es una típica farandulera moscovita, desenvuelta y presumida. Sólo habla de sus amigos poetas y sus amigos pintores, arreglándose mecánicamente el pelo rojo y estirando las vocales. A partir de ahora podrá hablar de sus amigos tenores. Nuestros amigos tenores nos llevan en taxi al estudio de Semión, un pintor y poeta muy conocido en su círculo, supongo. El estudio resulta ser un sótano maloliente en los bajos de un edificio destartalado. Entramos, no hay sillas, nos sentamos en el piso, no hay vasos, bebemos champán a pico de botella. De las paredes cuelgan varios lienzos polvorientos, mujeres y hombres descoyuntados copulando en posiciones más bien incómodas. Tania observa los cuadros con aire de conocedora. «Se siente la fuerza», comenta. ¿Cuál fuerza?, estoy a punto de preguntar, pero Oleg me interrumpe metiendo mi boca dentro de la suya. Me lame un poco y me deja respirar. Muerdo una manzana para reanimarme, trago un buche de champán y contemplo a Vlad y Tania desvestirse. Esos sí que no pierden tiempo. Oleg hace algo con su boca en mi oreja, me la deja todo ensalivada, me quita la blusa y comienza a tocarme los senos. Mastico grandes pedazos de manzana. Vlad y Tania semidesnudos se revuelcan en el piso y gimen. Oleg me resopla en la oreja mientras sus manos repasan mi piel, muerdo, mastico, trago, las manzanas son dulces y secas, bebo champán de la botella, como manzanas. Vlad y Tania están gritando con rostros contorsionados mientras sus cuerpos se estremecen en espasmos irregulares. Oleg me quita el resto de la ropa para comenzar a meterme su cosa entre mis piernas, yo cierro los ojos y devoro la última manzana. Por suerte todavía queda el chocolate.

En la mañana tomo el tren de regreso a casa. Ernesto me dejó en la terminal con un seco adiós, ni siquiera me dio un beso como es costumbre entre su gente. Miro alejarse la estación atestada de personas que se mueven nerviosas en todas las direcciones, me despido en silencio de Moscú, me prometo regresar lo más pronto posible. En mi libreta de notas me llevo el teléfono de Semión (el poeta y pintor dueño del sugestivo estudio) que me dieron los tenores para localizarlos en caso de que quiera volver a verlos.

Comienza a llover y se me antoja que Moscú está llorando mi partida. Pero Moscú no cree en lágrimas, recuerdo el dicho popular. Moscú no cree en lágrimas, me repito secándome los ojos con una servilleta de papel.

17.

El resto de las vacaciones las pasó con la madre y el hermano en casa de los abuelos. Se levantaba tarde, bajaba a la orilla, fumaba escondida entre los arbustos y altas hierbas. Tiraba piedrecitas al agua espantando a los renacuajos. Se aburría.

Por puro aburrimiento le robó a la abuela un poco de las pastillas que le recetaban para los nervios, por puro aburrimiento se las tomó. La cabeza se le llenó de un rumor persistente, los dedos se le hicieron gordos como salchichas inmóviles. Salió a caminar sin rumbo desplazando lentamente sus piernas de elefante, una primero, otra después, una primero, otra después; costaba trabajo no confundir las piernas y no dar dos pasos seguidos con la misma. No distinguía los sonidos exteriores, escuchaba voces, fragmentos de conversaciones, melodías desconocidas, palabras raras. En una parada tomó cualquier tranvía, se sentó, alguien a su lado le habló. Se fijó, era un hombre, parecía triste y solo. Le contestó al azar, entablaron un diálogo entrecortado, carente de sentido. Se bajaron juntos, el hombre la abrazaba, conduciéndola a un barrio desconocido. Se sentía muy cansada; tenía deseos de sentarse en el suelo y no volver a levantarse jamás pero él se lo impedía, casi arrastrándola hacia un edificio, luego unas escaleras oscuras, un pasillo y, al fin, un cuarto pequeño y sucio, lleno de botellas vacías, colillas de cigarros y retazos de periódicos. «Bienvenida a mi palacio, princesa», escuchó nítidamente la voz del hombre. «¿Tú eres mi príncipe?», le preguntó sorprendida. «Claro», dijo él y se sentó en la cama revuelta con sábanas repugnantes. «¿Y te vas a casar conmigo?», preguntó sin poder creerlo. «Sí». «Entonces debemos hacer un pacto de sangre», le anunció y se quitó la blusa. «Trae un cuchillo». El hombre la miró entre asustado y extasiado.

«Anda, qué miras». Él se levantó y regresó con un cuchillo de cocina. Alia cortó debajo del seno izquierdo, tal vez más profundo de lo que debía, y se lo extendió: «Ahora tú». El titubeó inseguro. «Dale, qué esperas», se impacientó ella. Le levantó la camisa, dio una chupada a la oscura tetilla rodeada de vellos y acto seguido cortó la carne debajo del beso. El brincó, dio un grito, la empujó, «Tú estás loca». Ella lo abrazó, tratando de que coincidieran ambas heridas, pero él siguió empujándola, «Vete, vete»...

Alia se halló en la calle, nuevamente sola. No sabía qué dirección tomar y anduvo por inercia, hasta que descubrió el río y decidió que, si bordeaba la orilla, en algún momento llegaría a casa. Caminó, caminó, las piernas le dolían, la cabeza le pesaba. De repente, se dio cuenta de que tenía la blusa empapada de sangre, se la quitó para lavarla. Se arrodilló en el fango, metió la prenda en el agua y se quedó mirando cómo se la llevaban las olas.

Despertó cuando anochecía. Tenía la boca muy seca y un terrible dolor en las sienes. Se descubrió semidesnuda, llena de sangre coagulada y fango. Se lavó como pudo, temblando de frío, trató de levantarse y volvió a caer, sin fuerzas. Gateando, avanzó unos metros, luego logró ponerse en pie, y siguió muy lentamente, largamente.

En algún momento sintió movimientos delante, y se detuvo, asustada. Escuchó las voces, el llanto de una mujer, el ladrido de un perro. Una linterna la alumbró de frente. Cerró los ojos y se tapó el pecho con un gesto ingenuo. «Aquí está», gritó el abuelo y escupió con rabia.

La luz del bombillo le irrita los ojos cansados, las tablas de la silla se le clavan en las nalgas, la voz de la madre llega desde muy lejos, y las palabras se pierden sin que su significado roce la conciencia. Si sólo la dejaran dormir un poco, sólo un poquito... ¿Dónde estaba? ¿Qué hizo? ¿Por qué tiene esa facha? Preguntas que nunca tendrán respuestas, palabras huecas. ¿Acaso no comprenden que nada tiene sentido? Alia hace un esfuerzo, se concentra para que los ojos no se escurran como serpientes, mira a la madre de frente y pronuncia casi coherente: «Déjenme en paaaaaaaaaaaz…». Cae en cámara lenta con silla y todo y comprende antes de que la cabeza golpee el piso que ha sido derribada de un puñetazo; luego se desconecta del todo.

18.

En septiembre la escuela la recibe con más tedio que nunca. Resulta ridículo ponerse uniforme, cargar una maleta con libros, sentarse delante del pupitre. Alia se imagina que no es una Alia real, asume los estudios como un pasatiempo estúpido; en casa pinta de nuevo, esta vez cuadros de personajes demoníacos y escenas grotescas. Su cabeza está llena de imágenes incongruentes.

Guarda las cartulinas debajo del colchón junto con toda una serie de objetos que usa para masturbarse. Se masturba a cada rato, experimenta con su clítoris y vagina; más que en busca de placer (muchas veces sólo siente dolor), lo hace por curiosidad meramente científica. Cada vez más atrevida en el empleo de elementos y formas —desde una mazorca desgranada hasta el cepillo de limpiar la taza del baño—, cada vez más desenfadada y violenta, llega a enviciarse con su propio cuerpo, a menudo haciéndose daño.

Un día descubre al hermano revisando sus cuadros y «juguetes» con los ojos desorbitados. El primer impulso de arrebatárselo todo y golpearlo por insolente es sucedido por la alocada idea de hacerlo cómplice. Alia comienza a impartirle una serie de conferencias con el tema «de dónde salen los niños», le muestra sus genitales y le enseña a jugar con el rabito. Poco a poco lo induce a formar parte de sus distracciones, hasta que el niño, niño al fin, hace un comentario inoportuno con la madre y esta limpia el espacio debajo del colchón de «porquerías» y la cabeza de Alia de «vilezas», moliéndola a golpes. «La próxima vez te mato», promete convincente.

19.

–Ven –me llama mi madre desde la cocina.

Me paro frente a ella. Está sentada delante de una botella de vodka y un vaso. Echa un trago y me lo brinda.

–Bebe. ¿No te gusta beber? Bébetelo todo, hasta el fondo.

Tomo el vaso y se lo devuelvo intacto en silencio. No comprendo de qué nueva trampa se trata, de qué castigo. Ella se empina y se traga el líquido de un tirón.

–Pero siéntate –dice–. ¿Qué haces de pie?

Me siento en el borde de una silla, la situación me resulta cargante.

–Debo estudiar –protesto débilmente.

–¿Estudiar? ¿Cuándo te ha importado estudiar? –sirve otro trago y se lo toma como si fuera agua–. Que yo sepa, jamás en tu vida…

Vuelve a llenar el vaso.

–Pero busca cigarros, ¿tú no fumas? Pues dale, vamos a pasarla bien, vamos a hacer lo que te gusta: beber, fumar…

–No tengo cigarros –miento. No me agrada para nada el rumbo que van tomando las cosas.

Mi madre se emborracha rápidamente con una alegría simulada, con una sorda desesperación. No hago ningún intento por detenerla, sólo quiero que acabe de dejarme en paz. Todavía me duele todo el cuerpo de la paliza que me dio por culpa de mi hermano.

De pronto la veo levantarse e inmediatamente caerse al piso con el sonido de un saco de papas. Se queda tumbada en la misma posición, el vestido subido y la cabeza de lado. Hago un esfuerzo por no dejarla ahí mismo y salir corriendo a donde sea, me inclino sobre ella, le agarro los brazos y tiro.

—Vamos —digo—, te ayudaré a acostarte...

—¿Y tú, quien eres? —pregunta mirándome con el rabillo del ojo.

—Soy Alia —contesto y la halo por los brazos—. Levántate...

—Aaaaliaaa —pronuncia soñadora—. Así se llamaba mi hija... ¿Y tú, quién eres?

—Soy Alia, tu hija, vamos, levántate, por favor...

—Aaaaliaaa —repite—, así se llamaba mi hija... ¿Y tú, quién eres?

—Soy Alia, mamá, Alia —casi estoy gritando.

—Aaaaliaaa —dice—, así se llamaba mi hija... ¿Y tú, quién eres?

Suelto sus brazos, que caen a sus costados como un par de jamones. Me siento dándole la espalda, apoyo la cabeza en las manos.

—Alia —llama ella—. Alia...

—¿Qué? —respondo sin voltearme.

—¿Dónde estás, Alia? —gime y comienza a llorar con una voz muy finita.

—Estoy aquí —respondo sin voltearme.

—¿Dónde estás, Alia? —llora mi madre de modo insoportable.

Cuando se calma un poco, me acerco y vuelvo a intentar levantarla. Logro sentarla, la agarro por debajo de los brazos, y la alzo.

—Por favor haz un esfuerzo, voy a llevarte a la cama...

—Alia —solloza mi madre y su cabeza se tambalea de lado a lado—. Alia...

La arrastro hasta su cuarto; por el camino comienza a vomitar, se vomita toda y también mis manos.

Le quito el vestido, la limpio un poco, de un tirón la subo a la cama y la tapo. Cuando estoy en el baño lavándome las manos, la oigo vomitar de nuevo.

—Alia —me llama.

—Dime.

La veo toda embarrada, ella y la cama y el piso.

—Me vomité…

—Sí, ya veo.

—Límpiame, me da asco…

«A mí también», quiero decirle, pero no se lo digo. Paso la sábana por su cuerpo, le quito la almohada toda encharcada de vómitos.

—Abrázame —pide mi madre y llora de nuevo—. Yo te quiero.

Llevo la ropa sucia al baño, busco una palangana y se la pongo al lado.

—Cuando tengas ganas de vomitar, hazlo en la palangana —le explico.

No me escucha.

—Alia —lloriquea cada vez más alto—. Hijita querida, abrázame por favor, abrázame…

Luego vuelve a vomitarse.

Reúno todas mis fuerzas y limpio a mi madre vomitada. Su pelo está empapado, y la cama, pero eso no tiene remedio.

—Quiero hacer pipi —anuncia—, llévame.

La arrastro hacia el baño, ya logra sostenerse más o menos en pie, y la dejo al lado del inodoro.

—Alia —dice.

—¿Qué?

—Quítame el blúmer…

Me muerdo el labio, le bajo el blúmer y la ayudo a sentarse. Le doy la espalda.

—No te vayas, no me dejes sola…

—Avísame cuando termines —respondo sin mirarla.

—Ya, sécame.

Eso ya es demasiado para mí. Me vuelvo reventando de ira, y tropiezo con su cara de ojos ausentes, su cara absolutamente hueca. Paso torpemente un trozo de papel entre sus piernas, la ayudo a ponerse en pie, la conduzco de vuelta soportando su cercanía, su olor nauseabundo, su cabeza empapada en vómito sobre mi hombro. La acuesto, despierto a mi hermano para que no se quede sola, y salgo de la casa.

20.

Toco el timbre en el apartamento de Liena. Toco larga y desesperadamente hasta que su padre se asoma en la puerta.

—¿Liena está? —pregunto.

Me mira como si nunca antes en su vida me hubiese visto.

—¿Quién está ahí? —la madre de Liena se asoma detrás de él.

—Necesito ver a Liena —digo—. Es urgente...

—¿Tú sabes la hora que es? —dice el padre de Liena.

—Liena está durmiendo —dice la madre de Liena.

—Todo el mundo está durmiendo —dice el padre de Liena.

—Yo siempre supe que esa cubana estaba mal de la cabeza —dice la madre de Liena.

—Es una descarada —dice el padre de Liena.

—¿Qué pasa? —dice Liena apareciendo en la puerta.

—Nada —dice su madre.

—Ve y acuéstate —dice su padre.

—Soy yo —digo yo—. Necesito ayuda...

20.

Liena escucha en silencio el murmullo atropellado de Alia. Están sentadas una frente a la otra sin verse apenas, alumbradas sólo por la luz de algún farol que entra tras la ventana. Alia busca los ojos de la amiga, se siente tan pequeña, tan desprotegida, tiene tanta necesidad de un gesto de cariño, o una palabra alentadora, o una mirada comprensiva. Pero la cara de Liena se encuentra en la sombra, y sus manos, distantes y quietas. Alia calla esperando algo que la ayude a soportar el horror y el dolor, esperando en vano. Liena suspira al fin (tal vez bosteza), luego pronuncia con lentitud:

—Creo que es mejor que vuelvas para tu casa…

20.

La puerta se cerró detrás de mí, como en un bolero al revés, la puerta se cerró y yo me senté ahí mismo, en el paso de escaleras, apreté las rodillas contra el pecho y comencé a pensar intensamente, pero era muy difícil, insoportablemente difícil.

Debía hacer algo urgente, algo trascendental. ¿Suicidarme? ¿Matar a mi madre? ¿Marcharme donde sea? A Moscú, digamos... ¿Irme a dormir? ¿Hablar con alguien? ¿Con quién? Ya había hablado con Liena y no ayudó en lo más mínimo. ¿Escribirlo todo, tal vez? (¡Que difícil es levantar del piso / una muñeca grande y borracha! / Hacerlo de manera que no vuelva a caer, / que no se quiebre y no se le salga el relleno...). ¿Correr? Piensa, Alia, piensa... ¿Masturbarme?

La última idea no me pareció tan desatinada, metí la mano dentro del blúmer y me puse a restregar con el dedo la bolita de mercurio que tenía escondida entre los vellos, pura corriente eléctrica. Intentaba concentrarme, pero las imágenes que surgían en la mente no me ayudaban. Mi madre tirada en el piso con el vestido levantado y sus piernas gordas, varicosas, llenas de celulitis, asquerosamente blancas, y el vómito saliendo en una masa amarillenta de su boca, corriendo como una lava apestosa por su cuello. Una puerta sonó en lo alto del edificio, y abandoné mis perturbadores intentos.

Con pasos inseguros bajé a la calle, respiré hondamente el fresco y sin proponérmelo siquiera me encaminé a casa, donde encontré el conmovedor cuadro de mi madre y mi hermano durmiendo abrazados.

21.

Coloco sobre la bandeja dos pasteles de crema, una tartaleta, un *éclair*, un chocolate de almendras, dos paquetes de sorbetos, pido una copa de helado con licor de fresa, dos jugos de pera, y pago con el dinero que le saqué a mi madre de la cartera. Me ha dado por comer dulces de manera compulsiva, no puedo parar de comer dulces. Deposito la bandeja en una mesa apartada de la cremería, y me instalo delante. Comienzo por desmenuzar los sorbetos dentro del helado, le añado el chocolate picado en trocitos, y revuelvo la masa. Alguien se sienta frente a mí, ni lo miro, me resulta sumamente desagradable cualquier compañía. Engullo un pedazo de pastel y, sin acabar de tragarlo, me meto en la boca una gran cucharada del revoltijo de helado con sorbetos y chocolate. Trago y bebo un buche del jugo. La persona sentada enfrente tiene delante sólo un café, debe ser alguien muy snob; siento su mirada persistente, pero me niego demostrativamente a devolvérsela; mastico mis dulces con la flema de una vaca. Revuelve llamativamente la taza, y toma por fin un buche. No deja de mirarme. Levanto cuidadosamente los ojos y descubro que es una muchacha. Termino con el helado y los pasteles, paso a la tartaleta que alterno con el *éclair* y el jugo. Subo un poco más la vista y reconozco su cara, qué fastidio. No queda otra opción que saludar a Olga, mi antigua compañera del grupo de teatro, insípida y predecible.

Nos ponemos a hablar cosas insignificantes al estilo «cómo-te-ha-ido-en-todo-este-tiempo», salimos a la calle, atravesamos la avenida y llegamos hasta mi edificio, uno de los más altos de la ciudad. Olga mira para arriba y pregunta de pronto si he subido a la azotea. No, no se me había ocurrido. «Vamos, me toma de la mano, te voy a enseñar».

Allá arriba todo es diferente. La ciudad es minúscula a nuestros pies, se ve la cinta del río bordeándola por un costado y la espesura encendida del bosque por el otro. El viento nos golpea los cuerpos con ráfagas irregulares, bate el larguísimo pelo de Olga y su oscuro sobretodo de otoño. Ella se sube en un muro, muy cerca del borde, y parece a punto de lanzarse quince pisos abajo, pero en vez de eso, comienza a recitar un poema de Tsvetáeva:

Hay quien está hecho de piedra, está hecho de barro,
pero yo resplandezco y palpito.
Mi trabajo es traición, mi nombre es Marina,
soy la frágil espuma de mar.
Hay quien está hecho de barro, está hecho de carne,
para ellos son el ataúd y la tumba.
En la mar bautizada fui y en el vuelo
sin descanso soy destruida…
Quebrada contra piernas de granito
con cada nueva ola renazco.
¡Que viva la espuma, la alegre espuma
la alta espuma marina!

–¿Has visto el mar? –pregunto y ella niega con la cabeza.
Prende un cigarro, me extiende otro en silencio. Fumamos mirando la ciudad, sus edificios, los carros como de juguete y las personitas allá abajo.

21.

Encontrar a Olga, descubrirla en aquella ciudad adormilada de gente insensible que se movía lentamente metida en sus gruesos abrigos, todos escondidos tras las gruesas paredes de sus apartamentos, limitados por las gruesas capas de sus asuntos; coincidir de pronto en tiempo y espacio, compartir, frecuentar, intercambiar, y no querer más que seguir infinitamente nutriéndose de una amistad prodigiosa.

Por caminos diferentes, habían llegado a un nivel próximo de experiencias y conocimientos, habían leído las mismas novelas, admirado a los mismos poetas, llorado con las mismas películas y amado las mismas melodías.

Se les veía en la orilla, caminando despacio, o bajo los árboles del bosque que llovían sus hojas coloradas, o en la biblioteca con las cabezas inclinadas sobre algún tomo singular; en el parque abandonado por los niños en esa época del año, montando con ímpetu columpios y tiovivos, o simplemente corriendo de un lado a otro, rodando por la tierra húmeda en una alegría primitiva; pero la mayoría de las veces, en la azotea del edificio de Alia, fumando y conversando, conversando sin parar.

Muchos de los poetas rusos de los años veinte (Gumiliov, Brodsky, Mandelshtam) estaban censurados, pero sus poemas pasaban de mano en mano copiados en libretas y hojas, que se volvían y se volvían a copiar. Olga tenía tres libretas de esas, y Alia transcribía los textos pacientemente para releerlos, descubriendo un mundo de imágenes luminosas. Un día, Alia le enseñó sus propios poemas, y ella los pasó a una de sus libretas junto con los «grandes», dándole de ese modo a entender que había logrado crear, como ellos, un espacio particular.

Algunas veces visitaban a Liena, con sus invariables golosinas, té y música clásica. Le llevaban ramos de hojas otoñales, racimos de serba con frutas rojas y amargas, poemas; llenaban su cándido cuarto con un aire intenso, con matices. Cada vez con más frecuencia, asomaba en los ojos de Liena un destello de animal acorralado, de mujer frustrada; la conciencia, quizás, de que se había quedado atascada irremediable, insalvablemente. «Vuelvan pronto», decía al despedirse, pero volvían cada vez menos, no la necesitaban.

Olga soñaba con ser actriz. Seguía yendo al taller de teatro en la Casa de Cultura, pero muchas veces actuaba sólo para Alia. Ofelia y Fedra, Yerma y Medea se sucedían cada una con su rostro y destino y todas eran Olga, una Olga siempre sorprendente, siempre desconocida.

Cantaban juntas. Se aprendían las baladas de Okudzhava y de Ajmadúlina y también las canciones rusas, los vastos cantos eslavos sobre cocheros de troikas, cosacos y doncellas en peligro. Cantaban en la azotea y en la orilla del río y en el bosque y en las calles sin hacerle caso a los transeúntes. Había algo entrañable en esas melodías, algo íntimo, algo que parecía unir para toda la vida.

Cuando cayó el invierno, iban a esquiar a la otra orilla del río congelado y, perdidas entre los árboles, se lanzaban bolas de nieve o construían castillos, o simplemente se dejaban caer en el polvo blanco y helado. El fin de año lo pasaron en la azotea con mandarinas y champán, y al estallar los cohetes de colores juraron vivir juntas en París, como tantos poetas y pintores queridos, en alguna buhardilla llena de velas y música.

Al llegar la primavera tuvieron que prestarle más atención a los estudios. Se avecinaban las pruebas finales, Alia terminaba el preuniversitario y Olga, la secundaria. Habían decidido irse a estudiar a Moscú (ciudad que surgía de forma recurrente en las conversaciones): Olga, en una escuela de nivel medio de teatro, y Alia, periodismo en la Universidad; planificaban alquilar un cuarto para las dos y llenarlo con cosas muy suyas, con una atmósfera exclusiva.

No tenían tiempo para verse; entonces, inventaron escribirse pequeñas notas que intercambiaban camino a la escuela, sobres llenos de flores de manzana o mimosa, postales raras, poemas, dibujos y palabras enigmáticas.

Al otro día del último examen, Alia preparó su maleta grande con la intención de no regresar por largo tiempo; se despidió secamente de la madre, que hacía mucho no la miraba de frente ni la contradecía, cansada por lo visto de luchar con lo inexorable; le regaló generosamente al hermano un libro llamado *El hombre y la mujer*, que este soltó como si se hubiese quemado, y salió rumbo a la terminal donde ya la esperaba Olga.

Unos instantes antes de que tomaran el tren se apareció Liena, agitada en una festiva desesperación. Les había traído pastel de manzanas recién horneado, todavía tibio, para el viaje. Se quedó en el andén con la mano levantada en un gesto ambiguo, tan sola.

En el vagón no durmieron, tampoco hablaron. Miraban por la ventanilla con miles de presentimientos imprecisos, sospechando el giro vertiginoso que darían sus caminos.

21.

El cuarto amor de mi vida se llamaba Olga; pero era un amor tan apacible, tan delicado y profundo, que sólo años después supe que era amor.

22.

En Moscú tuvimos que dividirnos; Olga fue para el albergue del tecnológico al que aspiraba entrar, y yo busqué el de la Universidad, que resultó ser un espléndido edificio: todo una ciudad, con cafetería, biblioteca, piscina y cine dentro.

Llamé por teléfono a Ernesto, pero él no se mostró demasiado feliz al hablar conmigo; de hecho, rechazó mi propuesta de vernos inmediatamente. Eso no empañó mi ánimo rutilante. Llamé a Semión, el dueño del estudio donde había pasado la noche en compañía de los tenores, con la idea de contactar a Oleg y Vlad, pero nadie respondió al teléfono. Eso tampoco me deprimió para nada. Llamé a Tania, la conquista de Vlad, y una mujer de voz sumamente desagradable me comunicó que Tania no vivía ahí. Seguí firme con mi estado de entusiasmo embrionario.

Decidí explorar el edificio del albergue; había quedado en verme con Olga a las ocho de la noche en la estación de metro Tverskaya, cerca de varios teatros, con la intención de colarnos en alguno de ellos; pero aun tenía varias horas a mi entera disposición.

En la cafetería vendían piñas en conserva, algo que me emocionó hasta las lágrimas. Compré una ración, me senté en la mesa saboreando cada trocito de la fruta semiolvidada, cerré los ojos para reconocerla únicamente con el paladar y olfato: Cuba...

—Nunca he visto a nadie comer piñas con tanto placer —dijo una voz a mi lado rompiendo el hechizo.

Miré al dueño de la voz y di con un muchacho que sonreía ampliamente. De todo mi arsenal de miradas fulminantes elegí la más glacial para echársela. Dejé las frutas que habían perdido todo el encanto, me levanté, esquivé al tipo y comencé a bajar las escaleras.

—¡Alfa! —me detuvo un grito que reconocí al instante.

Me había olvidado por completo de la existencia de Liuba después del embarque que me dio con la visita al Bolshói, pero resumí inmediatamente que estudiaba Psicología en la misma Universidad a la que yo pretendía entrar y, por lo tanto, vivía en el mismo albergue.

—Hola —saludó radiante—. ¿Qué haces aquí?

—Estoy bajando las escaleras…

Se rió como de una broma extremadamente graciosa.

—Tú no cambias, querida Alfa. ¿Vienes a hacer las pruebas de ingreso? Esta noche hay una fiesta en mi cuarto, te va a encantar, van a estar dos cubanos, un muchacho de la India con la novia ucraniana, mis compañeras del cuarto (una búlgara y una mongola) y no sé quién más. ¿Qué aspiras a estudiar? Seguro que pasarás las pruebas, eres el colmo de la inteligencia. Recuerda, a las ocho, noveno piso, habitación cuatro B. Me voy, me están esperando, te dejo con tus escaleras…

Todavía le dio tiempo a estamparme un sonoro beso en la mejilla, y desapareció corriendo. Comencé a calcular de qué manera podría ir a la fiesta sin afectar a Olga. Tenía muchas ganas de ir: iban a estar *dos cubanos*.

Mientras más tiempo pasaba, más me convencía de que no había nada grave en simplemente dejar de encontrarme con ella y a la mañana siguiente buscarla en su albergue y explicarle las cosas, o mejor, inventar alguna excusa de peso, una crisis de migraña, por ejemplo, o un asalto o una violación. Me imaginé el cuento de la violación, me resultó tan verosímil que por poco lloro, pero preferí de todos modos el dolor de cabeza, guardándome el otro para un caso futuro.

A las ocho en punto estaba tocando en la puerta de la habitación cuatro B del noveno piso, detrás de la que se escuchaba a todo volumen la voz de Vysotski rogándole a los caballos que no apurasen el paso.

23.

Antes de despertar advierte que en la mitad derecha del cráneo hay un ejército de enanitos cavando con picos y palas en busca de algún tesoro o tal vez alguna idea. Abre los ojos de modo desigual: los párpados del derecho no obedecen en absoluto, mientras que el izquierdo puede observar una oreja inverosímil delante. Se concentra para asegurarse de que la oreja existe, perteneciente a una cabeza igualmente inverosímil. La cabeza, por su parte, es sólo un segmento de un cuerpo tapado a medias con una sábana sorprendentemente blanca, que descansa sobre una cama en una habitación desconocida. Intenta levantarse, pero es imposible: con el primer ensayo la habitación comienza a girar, delirante, y los enanitos bajo el cráneo aceleran su tarea. Una arqueada sube desde el estómago, y cuesta trabajo detenerla en la garganta. El hombre inverosímil se mueve, saca un brazo desde bajo la sábana, y se lo tira encima. El brazo, al igual que la cabeza con oreja y todo, es negro. No carmelita ni pardo ni castaño ni marrón. Negro. Con determinados matices azulosos. Entonces, de un solo golpe ciertas imágenes llenan la mitad izquierda del cerebro de modo fracturado. El cuarto de Liuba flotando en humo, personas desconocidas hablando demasiado alto para poder escucharse por encima de la música ensordecedora, vasos de vodka que se rellenan continuamente; Liuba, por momentos, sonriendo, presentándole a sus amigos, sirviendo tragos, las luces palpitando, girando, caras, Liuba anunciando a los recién llegados: cubanos, los cubanos riendo y charlando en un ruso maltrecho, el vodka quemando la garganta y subiendo en ondas de fuego desde el estómago, varias parejas bailando, otras besándose por los rincones, uno de los cubanos muy cerca, abrazándola, sacándola a bailar, abrazándola, apretando su cuerpo contra el suyo al compás de la música, abrazándola, conduciéndola por pasillos y escaleras, abrazándola.

Más o menos deduce el resto, no lo recuerda, pero resulta evidente. Lo único que desea realmente es salir de ahí antes de que el sujeto se despierte. Hace otra gestión desesperada por levantarse, lo logra con dificultad, se viste casi a ciegas, y aguantándose de las paredes llega a su cuarto.

23.

No entró a estudiar periodismo; en realidad no le importaba, ni siquiera se presentó al último examen. Estuvo todo el tiempo fiesteando, bebiendo, bailando, bañándose en la piscina y viendo películas. Volvió a encontrarse con el cubano una y otra vez hasta que él se fue de vacaciones a su país; no porque le gustara, en realidad no le atraía su olor ni su forma de poseerla, tan efusiva, ni el aire de virilidad intemperante, ni su desdeñosa manera de tratarla; simplemente, era cubano.

Al segundo o tercer día de su llegada, quiso ver a Olga, disculparse, contarle sus aventuras, hacerla partícipe de alguna forma; la buscó y no la encontró, nadie sabía nada; al parecer, había regresado a casa. Por un instante sintió remordimientos, pero rápidamente olvidó el asunto, no tenía ganas de sentirse mal cuando se sentía tan bien.

Pero llegó el momento en que le anunciaron que debía abandonar el albergue sin demoras. Acudió a Liuba y Liuba se encogió de hombros: «¿Qué quieres que haga?». Llamó a Ernesto y Ernesto muy delicadamente explicó que tenía suficientes problemas propios. Marcó el número de Semión mil veces seguidas, pero sólo escuchó timbres enloquecedores. Tomó la maleta y salió para la terminal. Las luces de la ciudad vibraban más seductoras que nunca, era insoportable la idea de tener que marcharse, sencillamente imposible. El tren partía a las ocho de la mañana siguiente, y pasó la madrugada marcando una y otra vez el teléfono de Semión, una y otra vez en vano. Al amanecer, cuando ya no quedaba ni sombra de esperanzas, Semión contestó.

24.

Semión abre la puerta del estudio y pronuncia de manera teatral:

—He aquí sus aposentos, lady.

Entro arrastrando la maleta que pesa una tonelada y me siento en el piso.

—Esto, por supuesto, es temporal —explica él—. Yo te conseguiré trabajo y casa, no te faltará nada, soy un hombre de contactos, confía en mí.

Lo miro con atención. Es pequeño y delgado, trae parte del pelo de la nuca peinado hacia adelante tapando una calvicie prominente, enormes bigotes en forma de brocha que cubren ambos labios y unos inquietos ojitos de cucaracha.

—Estaré bien —aseguro.

Mientras Semión busca algo de comer, decido explorar lo que será mi hogar. Aparte de la habitación que es el estudio en sí, con los ya conocidos cuadros eróticos y absolutamente carente de muebles, hallo un minúsculo baño con taza y lavamanos del que sale únicamente agua fría, y un closet repleto de cualquier cantidad de tarecos. Para comenzar, tomo del closet una escoba bastante deteriorada, y barro el polvo acumulado posiblemente desde que se inauguró el edificio. Luego, con una manta y varios lienzos armo una especie de sofá-cama, y un caballete lo convierto en ropero colgándole tres o cuatro vestidos que saco de la maleta. Un último toque lo dan mis libros, de los que no me desprendo jamás: *El arco del triunfo* de Remarck, la selección de poesía de Tsvetáeva y *Las velas rojas*, que acomodo sobre una caja de zapatos vacía.

El resto del día lo paso soñando acostada en mi lecho improvisado, escribiendo poemas exaltados o reacomodando el decorado de mil maneras. Semión me deja unos bocaditos, un poco de dinero para cualquier emergencia, la llave, y promete visitarme con montones de amigos que me van a resolver todo tipo de problemas. La vida centellea al alcance de la mano, mañana quizá ya estaré viviendo intensamente, viviendo de verdad, pienso.

Pero se suceden las horas, los días y no pasa nada, o casi nada. Oleg anda de gira por el país, Semión me trae pan, salchichas y kefir, dos o tres veces vienen Vlad y Tania, que viven juntos, aunque Tania se queja todo el tiempo de que Vlad bebe todo el tiempo y Vlad se queja todo el tiempo de que Tania se queja todo el tiempo, dos o tres veces salgo con ellos a dar una vuelta, vemos el vernissage en el hipódromo, comemos shashlik en una fonda georgiana, pasamos por casa de un personaje misterioso llamado Alexey que casi nunca sale de su casa y resuelve todos sus asuntos por teléfono, pero yo siento que me encuentro en un punto muerto y de ahí no me muevo, aunque no tengo una idea clara de lo que deseo realmente.

Como a la semana de mudarme para el estudio de Semión, surge mi primera discusión con él. Habíamos ido a casa de un amigo suyo que dirigía un club, y este me aseguró que trabajaría con él de no sé que cosa y por la plantilla de limpiapisos. El director del club me llamaba invariablemente «conejita», me tomaba de la mano y me miraba a los ojos de manera muy insistente. Le hablé a Tania sobre él, y ella me dijo que se trataba de cosas oscuras, que tuviera mucho cuidado y por nada del mundo aceptara la propuesta de trabajo. Me contó que Semión era esquizofrénico, que no se le podía hacer ningún caso, y que buscara irme lo más pronto posible de su estudio. «¿Para dónde?», pregunté con toda la ingenuidad del mundo...

De todas formas intento conversar con Semión.

—Sabes —digo—, estoy algo confundida... ¿Cuánto tiempo más piensas que debo estar metida en este nido de ratas?

Él abre todo lo que puede sus ojitos de cucaracha y comienza a gritar.

—¡Todas las mujeres son estúpidas! ¡Todas las mujeres son mercantiles! ¡No valoran al ser humano! ¡Malagradecidas! ¡Vacías!

Es un tipo realmente raro, ese Semión. Para no quedarme muy atrás, le grito también: que me había mentido, que había prometido villas y castillos y al final llevaba no sé cuanto alimentándome de porquerías, sin bañarme, sin un centavo y durmiendo en el piso. Nos gritamos durante un rato, y Semión acaba sin razón alguna encima de mí tocándome, acariciándome, besándome con una urgencia incontrolable.

Esa noche me lleva a un restaurante (de los más maluchos, por supuesto), donde al fin puedo comer algo caliente. Comemos, bebemos, y él recita poemas suyos en los que «el alba se parte en pájaros rojos» y «la blanquísima mano de la providencia muerta…», etcétera. Toda la comida queda colgando de sus bigotes, y sus ojos inquietos se tornan caramelosos cuando me miran. Definitivamente, debo buscar donde irme.

Al día siguiente, paso por el albergue de la Universidad a ver a Liuba, contarle que sigo en Moscú a pesar de los pesares, y ella de muy mala gana me da el teléfono de una conocida suya con la que durante un tiempo practicó paracaidismo.

—No te ilusiones, Alfa, no es seguro que Yulia te ayude, es una muchacha nerviosa, hipocondríaca, venática, aunque sensible, creo que ama a los animales o algo así; ojalá tengas suerte y no dejes de visitarme para que me cuentes cómo te van las cosas…

24.

Semión era un hombre pequeño de pene pequeño y grandes pretensiones. Pretendía ser pintor famoso y poeta ilustre, seguir casado con una gorda y tranquila mujer que usaba rulos de noche y sortijas de día, tener dos o tres amantes jóvenes (yo entre ellas), viajar a Crimea en verano y dar entrevistas por la televisión. Ensayaba sus entrevistas conmigo, se sentaba frente a mí y escupía largas tiras de palabras. Yo lo observaba, mientras las tiras de palabras que salían de su boca se enredaban alrededor de mi cuello y me impedían respirar. Entonces las rompía de un tirón con alguna frase que le hacía perder todo el aplomo: «Eres un pepino», por ejemplo, o «¿Quieres bailar?». El efecto de las frases era tan fulminante que las usé luego durante mucho tiempo con otras personas. A Semión lo hacían saltar de rabia y gritarme ofensas. El único modo de que se calmara entonces era haciendo el amor. Yo no era cuando aquello muy buena haciendo el amor, tenía poca experiencia y no lo disfrutaba en lo más mínimo. Pero la mayoría de los hombres con los que me acosté cuando aquello no eran demasiado exigentes. Semión no era exigente. Tal vez, su gorda y tranquila mujer era peor que yo, o lo disfrutaba menos (que es difícil de imaginar); en cualquier caso, cuando le dije al fin que me iba de su cochino taller y no quería volver a verlo jamás, me gritó como nunca antes, y lo dejé así, gritando; tomé la maleta y me marché a casa de Yulia, que aceptó generosamente albergarme por un tiempo.

25.

Yulia no me pareció tan rara como la había pintado Liuba, aunque sí algo tonta. Era una muchacha de veinte años muy pálida, que padecía una inmensa cantidad de enfermedades y no hacía absolutamente nada salvo tomarse la temperatura, tragar pastillas y oír música. En un tiempo de su vida intentó salir, tener amigos, estudiar. Se había apuntado en diversos talleres y círculos de aficionados, pero los abandonó todos por falta de salud, talento o interés. Vivía con su madre (periodista del diario *Rossíya*, que en ese momento estaba de viaje) en un apartamento de dos cuartos de un gran edificio en una zona bastante céntrica; era una vivienda con ducha y bañera, agua fría y caliente, cocina de gas, refrigerador repleto de comida, muebles, televisor, grabadora y teléfono; en fin, un verdadero paraíso.

Disfruté inmensamente la vida en aquel lugar hasta que regresó la madre de Yulia e impuso sus reglas. No más llamadas por teléfono (cuando Tania se peleaba con Vlad, me llamaba y pasábamos horas y horas conversando al estilo de «los hombres son unos puercos, todos son iguales, ninguno sirve», etcétera); no más comidas improvisadas fuera de horario (maravillé a Yulia con platos rápidos de combinaciones desusadas que preparábamos cada vez que teníamos hambre); no más noches sin dormir ni días durmiendo (confundíamos las horas hablando, oyendo música o leyendo); no más paseos azarosos (de vez en cuando arrastraba a Yulia para la calle y dábamos vueltas metiéndonos en cafetines, cines e iglesias); no más bebederas (comprábamos vino, del más barato, y nos emborrachábamos alegremente) y no más visitas raras (a menudo venía Tania con Vlad y con otros amigos).

Odié a la madre de Yulia, a la misma Yulia incapaz de oponerle la mínima resistencia a su madre, la vida tan aburrida que comenzó a dominar en su casa, su propia casa, tan ordenada de pronto, tan fastidiosa. Debía mudarme para otro lugar lo más rápido posible, antes de que me tragaran el vacío y la desgana.

Unos días atrás Tania había venido con un tipo llamado Serguei. Me resultó repugnante nada más de verlo, tenía un cuerpo totalmente desproporcionado, cara de caballo, hablaba cualquier cantidad de idioteces, no paraba de hablar. Era músico o algo así, vivía solo y estaba buscando novia. Se me insinuó burdamente y me dejó su número y dirección.

Decidí llamar al tal Serguei, no veía otra salida. En realidad, me daba lo mismo una cosa que otra, siempre y cuando me sintiera libre y me mantuviera en movimiento, aunque fueran tan sólo libertad y movimiento aparentes.

Me comuniqué con Tania para consultar con ella mi decisión y Tania me invitó a su casa. «Tengo un buen coñac armenio, escucharemos música, pero ante todo conversaremos; eres demasiado impulsiva, Alia, cometes tantas torpezas…»

26.

—La mujer no debe tener techo, la mujer debe ser como una flor: los hombros se estiran hacia las caderas, las caderas se estiran hacia el cuello y, en vez de techo, un poste de luz…

Tania bebe de su vaso, cierra los ojos y sigue hablando.

—La mujer es invencible, la mujer es todopoderosa. Le dije a Vlad que soy bruja. «Si me dejas», le dije, «cualquier mujer con la que te acuestes se convertirá en cadáver ante tus ojos. Verás los gusanos royéndole la carne y sentirás su olor putrefacto…». Lo mejor del caso es que me creyó… ¡Pobres hombres!

Alia, sin levantarse de la cama en la que están tiradas, alcanza la botella y sirve más coñac. Escucha sin perder una palabra, un gesto; tiene los ojos muy abiertos, y en ellos un brillo de fascinación. Nadie en su vida le había hablado así.

—Debes aprender a manejarlos, eso es fácil; debes aprender a ser mujer, eso es más complejo…

—Enséñame…

—Para comenzar, mírate en los espejos. Contémplate mucho, todo lo que puedas, apréciate, deléitate, ámate. Si una mujer no se ama, nadie la amará; peor que eso: no sabrá amar a nadie…

—Eso es ser vanidosa…

—No, boba, eso es evocar el poder. El poder de una mujer está en el vientre y en el corazón, pero ante todo en la mente… Después de que lo descubras no habrá quien te detenga, todo lo que desees se cumplirá, lograrás lo que te propongas y te sabrás irresistible.

—¡Quiero ser irresistible!

—Eso es todo un arte. Como cuando te acuestas con un hombre, ¿no sientes que puedes hacer con él lo que se te antoje?

—No… En realidad, cuando me acuesto con un hombre, sólo siento ganas de que termine lo más pronto posible…

Tania abre los ojos y la mira fijamente. Alia enrojece, pero le sostiene la mirada.

—No te creo… ¿Nunca has disfrutado el sexo?

Alia niega con la cabeza, sus ojos se llenan de lágrimas y su voz tiembla al contestar.

—Nunca. Me parece una tortura.

—¿Pero lo haces?

Alia asiente cerrando los ojos, la vergüenza le quema.

—Cuando me abrazan y me besan, me gusta… Tampoco demasiado… Si me empiezan a besar con mucha saliva, me da asco… Pero me encanta que me pasen la mano, despacio, que me abracen bien fuerte y que me acaricien el pelo…

—«Que me abracen bien fuerte y que me acaricien el pelo…» —repite Tania estupefacta—. ¡Eres una niñita! Estás hablando de cariño, no de sexo. Eres una niñita muy falta de afecto que busca a papá y mamá… No creo que yo pueda ayudarte en algo.

Tania se sienta en la cama y se sirve lo que queda en la botella. Alia mantiene los ojos cerrados con timidez, tiene mucho miedo de romper a llorar.

—Sólo recuerda: el sexo puede ser un arma poderosa, un viaje divino, una lucha de intelectos, una forma de comunicación y muchas cosas más, pero no una tortura. Cuando lo descubras, tendrás la mitad del camino adelantado. El camino hacia la mujer que eres…

26.

Siguiendo el consejo de Tania me miro en el espejo que cuelga encima de la bañadera de casa de Yulia. Antes evitaba mirarme desnuda, a pesar de que me encantaba jugar con mi cuerpo, con ciertas partes de mi cuerpo. Ahora lo estudio casi sorprendida: me descubro atractiva. Con mis dieciocho años, tengo una cara armónica rodeada por un pelo largo, oscuro y encrespado, grandes ojos azules, boca discreta, un cuello esbelto, senos de tamaño medio redondos con pezones rosados, ni gota de barriga entre caderas ni demasiado anchas ni demasiado estrechas, talle más bien reducido, piernas clásicas de una elegancia notable y unas manos quizá excesivamente grandes, pero delicadas y finas.

Aprovecho que Yulia está mirando una película en la televisión y su madre anda no sé dónde para deslizarme desnuda hasta el cuarto, buscar en la maleta algo medianamente atrevido, ponerme medias negras, saya corta y suéter muy ceñido; me dejo el pelo suelto, me paso un creyón de la dueña de la casa por los labios, me rocío el cuello con perfume y salgo a la calle.

Todos me miran. A lo mejor son ideas mías, pero me parece que todos me miran y eso resulta sumamente agradable. La mujer no debe tener techo, la mujer debe ser como una flor… Siento que soy una flor, mis pétalos se abren y se agitan al viento, desprendiendo un olor seductor. Los hombros se estiran hacia las caderas, las caderas se estiran hacia el cuello y, en vez de techo, un poste de luz. De mi coronilla brota una columna lumínica, mi piel es fosforescente, todos me miran. Me siento en un parque y prendo un cigarro. La mujer es invencible, la mujer es todopoderosa. Soy todopoderosa. De un momento a otro aparecerá el hombre de mi vida, y caerá hechizado por siempre. Fumo esperando al hombre de mi vida. Las personas con pasos rápidos atraviesan el parque en todas las direcciones; hace bastante frío. Se me entumecen los dedos y las orejas. El poder de una mujer está en el vientre y en el corazón, pero ante todo en la mente. Puedo notar el poder haciendo cosquillitas en la sangre. Entro en un café para calentarme un poco, pido té con empanadas y me instalo al lado de un hombre, a pesar de que hay bastantes mesas vacías en el local. El hombre parece muy solo masticando su bocadito. No habrá quien te detenga, todo lo que desees se cumplirá, lograrás lo que te propongas y te sabrás irresistible. No hay quien me detenga, me sé irresistible. Busco los ojos del hombre con tanta insistencia que al final me mira. Le sonrío. Se levanta y se traslada para otra mesa. La luz del poste que sostengo encima de mi cabeza parpadea, pero no se apaga. Salgo del café decidida a seguir siendo irresistible, camino lanzando miradas hacia los cuatro puntos cardinales. Comienza a oscurecer, y el frío está apretando. Mi saya corta y el simple suéter no son abrigo suficiente para la estación. No obstante, me obligo a sonreírle a los transeúntes; uno de ellos es el hombre de mi vida, sin dudas. Dos o tres de los beneficiados con mi irresistible sonrisa me lanzan comentarios hirientes. Los soporto estoicamente. De un momento a otro aparecerá el hombre de mi vida. «Si me dejas», le diré, «cualquier mujer con la que te acuestes se convertirá en cadáver ante tus ojos. Verás los gusanos royéndole la carne y sentirás su olor putrefacto». Camino mucho, me duelen los pies. Ha caído la noche, y el frío es apenas soportable. Debe haber dos o tres grados bajo cero. Mis orejas están absolutamente insensibles, y las puntas de mis dedos y mi nariz están llenos de agujas punzantes. Debería volver. Me imagino la casa de Yulia, tan confortable, la cálida atmósfera de su cocina, el té en tazas de barro, la suave música, Yulia y su madre conversando a media voz entre té y té… Marco decidida el teléfono de Serguei.

Media hora más tarde, estoy tocando el timbre de su puerta. Me abre un niño de unos quince años, me invita a entrar, explica que él es Maxim, el primo de Serguei, que Serguei salió a comprar algo de beber y que me ponga cómoda. Me pongo cómoda. El frío sale de modo doloroso de la piel, y me entra una tibia somnolencia, un dulce cansancio.

Estoy a punto de dormirme cuando llega por fin el anfitrión. Coloca sobre la mesa dos botellas de vino, pica ruedas de jamonada y lascas de pan negro, saca un pomo con pepinos encurtidos, habla todo el tiempo de lo contento que está porque al fin yo haya ido a su casa y de lo bien que la vamos a pasar a partir de ahora.

Levanto el vaso lleno, cruzo las piernas y pronuncio «Por la evocación del poder». Maxim y Serguei se miran, sonríen y beben. Comienza una conversación ligera, vaporosa, llena de ambigüedades y bromas. Me siento cada vez mejor, después de la primera botella Serguei no me parece tan desagradable, sus ojos resultan simpáticos, y entre las cosas que dice hay algunas que tienen sentido. Le sonrío de modo provocativo, subo otro tanto el borde de la saya, paso la lengua por las gotas de vino que quedan en los labios. Estoy loca por que el primito se acabe de ir para comenzar a descubrir el camino hacia la mujer que soy.

—Me voy —dice Maxim como si me leyera el pensamiento.

Serguei lo acompaña hasta el recibidor, se demora más de lo que yo estimo necesario y regresa con la cara encendida.

—Es lindo, ¿no es cierto?

Lo miro sin comprender.

—Maxim —explica—, ¿no te parece adorable?

Me encojo de hombros confundida.

—Tiene catorce años y es divino —se sirve más vino y bebe con expresión soñadora.

—Te puedes mudar para acá cuando quieras —anuncia luego—. Tania me explicó tu situación y me parece conveniente tener una mujer en la casa. Hasta podríamos casarnos más adelante, si quieres. Un matrimonio ficticio, claro…

–Claro… –digo e intento sonreírle muy amable–. Muchas gracias por todo, debo irme…

Frente al edificio de Serguei hay un patio con bancos y dos o tres árboles. Me siento en un banco y rompo a llorar tapándome la cara. Lloro a toda voz, como cuando era niña. Un perro se me tira encima y lame mis lágrimas, me recuerda a Emperador, el perro que me había encontrado años atrás en una salida nocturna de casa de mi madre. Lo abrazo como al único ser en el mundo capaz de quererme, llorando en su hocico dulce, pero una mujer, la dueña supongo, lo arrastra a regañadientes, se lo lleva y me vuelvo a quedar sola.

27.

De todas formas al otro día se mudó para la casa de Serguei.
Limpió y lavó la ropa sucia y cocinó borsch y acomodó el cuarto
en el que viviría y también el otro y compró un gran ramo de claveles para ponerlos sobre el piano. Serguei se puso muy contento,
invitó a Maxim a comer, y le regaló las flores. Se las echó encima
una por una, mientras el niño estaba comiéndose el borsch. Una
cayó en el plato y Maxim la sacó y se la metió en la boca. Masticó
sonriendo. Serguei se inclinó y lo besó en los labios. Alia se levantó
de la mesa y se encerró en su cuarto, pero incluso ahí le llegaban
los sonidos; resultaba insoportable. Se tapó las orejas y oyó el
timbre del teléfono. Como nadie contestaba, levantó el auricular.
—Hola —dijo.
—Hola, ¿quién habla? —respondió una voz muy varonil y
profunda.
—Yo soy Alia... —no sabía cómo explicar quién era.
—¿Cómo estás, Alia, qué haces?
—Nada... ¿Con quién estoy hablando? —le gustaba la voz, le
hacía cosquillitas en la columna.
—Soy Alexey. ¿Realmente no estás ocupada?
—Realmente no lo estoy —se preguntó quién sería el tal Ale-
xey, luego se preguntó qué importancia podría tener eso—. Estoy
aburridísima.
—Entonces, ven para acá.
—¿Para dónde?
—Para mi casa.
—¿Dónde está tu casa?
—¿Conoces la plaza de Gagarin? Anota la dirección...
Alia reconoció el lugar, había ido ahí con Tania y Vlad,
recordó a Alexey, un hombre sumamente interesante, y se alegró

de poder estar a solas con él. Alexey abrió la puerta, vestido con una bata de felpa gris de rayas blancas, parecía acabado de duchar y olía a colonia cara. La condujo a la sala, y entabló un monólogo bastante especulativo sobre la obra del poeta ruso Velimir Jlébnikov. Alia no había leído nada de Jlébnikov, no sabía por qué razón ese hombre le hablaba de su obra, qué hacía ella ahí escuchándolo, ni qué aguardar del futuro más inmediato. Ni siquiera estaba segura de ser la persona a la que esperaba Alexey para hablar sobre poesía. Todo parecía un error. Aprovechó una de las pausas para enmendarlo. Alexey atendió sus tímidos balbuceos, se encogió de hombros y siguió el discurso desde el lugar donde lo había interrumpido. A las dos horas aproximadamente miró el reloj, y con delicadeza aclaró que debía hacer una llamada. Acompañó a Alia hasta la salida, le anotó su número para que lo llamara cuando quisiera, y dio el encuentro por terminado.

Llegando a casa de Serguei, Alia buscó en el librero y descubrió un finísimo cuaderno del tal Velimir. Se lo leyó de punta a punta, no comprendió ni un verso («Bobeobi, se cantaban los labios / Beeomi, se cantaban las miradas / Pieeo, se cantaban las cejas / Gzi – gzi – gzeo, se cantaba la cadena…»), y llamó a Tania para contarle las últimas experiencias. Entonces se enteró de que Tania había decidido abandonar a Vlad por borracho y cerdo, y se mudaba para casa de Serguei, que era su amigo del alma.

Por la noche Tania se apareció con una mochila de ropa, hablando barbaridades de todo el género masculino. Ignoró las insistentes llamadas de Vlad y soltó un par de lágrimas silenciosas cuando supuso que nadie la veía.

Dos días más tarde Alia pasó por el albergue a ver a Liuba, que mostró un gran interés por sus nuevos amigos; Alia la invitó a visitarla, y Liuba quedó tan encantada que también quiso mudarse para la casa de Serguei, que la aceptó pródigamente.

Esa misma semana se presentaron Matvey y Fiodor, traídos por Maxim, que no vivieron del todo con ellos pero sí pasaban la mayor parte del tiempo, luego Tania trajo a Ósip, su nuevo novio, y para completar el cuadro de vez en cuando caían por ahí Alexey, Vlad y hasta Semión en alguna que otra ocasión.

La casa de Serguei de pronto se hizo pequeña, incómoda y agitada. Donde quiera había reguero de colillas, ropas y gente durmiendo a deshoras: unos salían, otros entraban, bebían vodka, té y vino, comían lo que apareciera, conversaban temas trascendentales, buscaban el sentido de la vida, escribían poesía en retazos de papeles que terminaban en la basura, salían al cine, teatros y exposiciones; un perpetuo movimiento que creó en Alia la ilusión de encontrar al fin la vida que buscaba.

27.

Adivina quién está en Moscú.

Miré a Vlad a los ojos y adiviné al instante:

—¡Oleg!

—Sí… Quiere verte…

—¿Dónde, cuándo? —de pronto la imagen de Oleg se convirtió en la más deseada, a pesar de que sólo lo había visto durante una noche en un taller mugriento—. Dile que me llame, por favor…

Vlad asintió con su cara sombría. Desde que Tania lo dejó le había dado más duro a la bebida y había perdido el trabajo.

Oleg me esperaba en la estación de metro Kropótkinskaya. Lo vi desde lejos, corrí y me le tiré al cuello. Inmediatamente estaba lamentando mi efusividad. Lo noté distante, aunque intentó mostrarse amable. En realidad, pensé, no hay razón para tantas emociones. Me llevó a un edificio deshabitado, donde según él vivía clandestino. Ya me hacía la perspectiva de vivir a su lado, construía planes, y hasta comenté algunos. Cuando iba por la parte de «me es lo mismo casarme por la iglesia que por lo civil», entramos a un cuartucho en el que el único mueble era la cama.

Se desabrochó la portañuela y me ofreció su pene. Me explicó que no podía tener sexo común conmigo porque no confiaba en mí y debía cuidarse. No comprendí muy claramente lo que estaba sucediendo, intenté por segunda vez en mi vida meterme esa cosa en la boca y al igual que la primera habría terminado vomitando si no me la hubiera sacado, aguantando la arqueada en la garganta. «No puedo», confesé, «Mejor me voy…». «Espérate» —Oleg se amasaba el pene con la mano y su cara adquirió una expresión animal. «Acuéstate y abre las piernas». Me acosté expectante. «Quítate el blúmer», pidió Oleg con una voz desmayada. Obedecí y lo vi mirar y masturbarse, mirar y masturbarse, sólo eso. De pronto su rostro cambió, cerró los ojos sacudiendo la cabeza y encima de mi barriga cayeron dos o tres chorros de una baba tibia. Luego se sentó a mi lado, pronunció «vete» y me entregó un billete de lotería. Lo tomé sin saber qué hacer. «Vete ya», repitió Oleg, se echó para atrás con los ojos cerrados y me ignoró por completo.

Bajé a la calle que no me pareció la misma calle, caminé despacio. Entré en un banco por pura curiosidad, averiguando cuándo se premiaba la lotería. La cajera me devolvió el billete levantando las cejas: «Está vencido», dijo.

27.

Liuba anda todo el tiempo haciéndonos tests mentales. Tiene que preparar las clases de la Universidad. Matvey y Fiodor están detrás de Liuba, pero ella está loca por Alexey. «No seas boba», le sugiere Tania, «ese tipo no vale la pena. Dice ser de sangre azul, pero yo estuve con él y te aseguro que es de sangre de urea...». Aun así Liuba se derrite nada más verlo, pese a que se acuesta con Matvey y Fiodor en días alternos. Matvey es hijo de un escritor bastante conocido; es gordo, de piel muy blanca y labios rojos y húmedos. Me resulta estúpido, cree conocer los secretos del Universo porque ha leído a Nietzsche y a Freud, autores difíciles de conseguir por los simples mortales, y maneja términos como «existencialismo» y «totalitarismo», el muy pedante. Su amigo Fiodor es igualito con dos diferencias sustanciales: primero, es un modelo de belleza de rizos rubios y ojos violeta, y segundo, además de ser estúpido, no ha leído a Freud ni a Nietzsche, ni tampoco la mitad de los libros contemplados en la metodología de educación media. Sin embargo, tiene una opinión acerca de cualquier tema, aunque crea que el existencialismo es una corriente de las artes. Tania, con todo su sarcasmo, asegura que en realidad es la cabeza de Fiodor la que está llena de corrientes, aunque siempre añade soñadora: «pero es tan bonito...». Ella, por su parte, sigue con Ósip, un muchacho de mi edad medio hippie, de largo pelo castaño, que usa un montón de adornos en el cuello y las muñecas, y habla en una jerga poco comprensible, contando historias sobre la hermandad de los hippies («el sistema») y los viajes en autostop y las comunidades que tienen en las zonas montañosas. Muchas veces noto las miradas lánguidas que Serguei le echa a Ósip, pero me parece que soy la única. Serguei, por supuesto, sigue sodomizando sistemáticamente a Maxim, quien ha resultado ser un niñito muy despierto, con un sentido del humor ácido y una mente muy sucia. Cuando se juntan él y Tania, no queda hueso sobre hueso. Serguei, sin embargo, lo cela histéricamente, sin ningún fundamento por cierto, y no por falta de gestión del niño; simplemente en materia de sexo nadie, salvo Serguei, lo toma en serio. Yo me dedico a limpiar, fregar y cocinar cuando pasan demasiados días sin que nadie lo haga.

«No te reconozco, querida Alfa, pareces otra persona», comenta Liuba, sacando los resultados de los tests mentales, mientras yo ando callada sacudiendo los muebles. Tania la escucha irónica, no dudo que soy a menudo el blanco de su sarcasmo inmoderado, pero en privado de muy buena fe me indica diversos modos de seducción para que los aplique a cualquiera de los varones disponibles. Me muestro como la que seguirá sus consejos sin perder un instante, pero no le hago ni el menor caso. Casi nunca sé lo que quiero en cada momento determinado, pero sí estoy muy clara de lo que no quiero. Y para nada quiero volver a acostarme con un hombre. Nunca más.

A menudo me pregunto qué hago en ese lugar, entre toda esa gente y de pronto me entretiene una conversación, un juego, una borrachera, y dejo que las cosas sigan su propio rumbo, si es que realmente existe un rumbo propio de las cosas.

28.

Una mañana de esas raras en las que sólo estaban en casa Serguei y Maxim, durmiendo en el otro cuarto, Alia se miraba desnuda en el barniz del piano, por falta de espejo. «Tengo que aprender a amarme», se decía contemplando la silueta de su cuerpo. En ese momento vio detrás de su reflejo abrirse lentamente la puerta y cerrarse casi de inmediato. Cubriéndose con una bata, salió al pasillo y alcanzó a escuchar el picaporte de la habitación de Serguei. Se encogió de hombros, olvidando el asunto hasta el día siguiente, cuando Maxim le propuso acompañarlo a la iglesia. Maxim era uno de los pocos rusos que practicaba el catolicismo; todos los domingos asistía a la misa de las nueve y rezaba el rosario. Alia tomó la invitación como otro entretenimiento. Escuchó el mínimo técnico de comportamiento en el templo, y salió con el niño decidida a mostrarse como la más abnegada creyente. Sin embargo, para su sorpresa, apenas bajaron las escaleras del edificio, Maxim le pasó el brazo por la cintura y confesó que la iglesia no era más que un pretexto para escapar con ella. De todas las impresiones que la invadieron, Alia pescó la más fuerte y la exteriorizó. «Bueno», dijo, «en cualquier caso, no eres taaaan hombre…».

No obstante, fueron a la iglesia. Alia quería rezar, necesitaba tener un Dios, llenarse de cosas lindas y darle un poco de sentido al caos, aunque fuera un sentido ficticio. La iglesia era un lugar lindo con lindos ritos fáciles de cumplir, que creaban la ilusión de sentirse disculpada de todo. A la salida Alia se sintió linda por dentro y por fuera, la vida le pareció linda y coherente, hasta las personas tenían razón de ser. A su lado caminaba alguien, y ese alguien tenía razón de ser y era lindo. «Eso es amor», se dijo, y lo siguió a casa de un amigo suyo que les brindó su cuarto para que hicieran el amor, y lo hicieron: Maxim, por primera vez en su vida con una mujer; Alia, por primera vez en su vida con ganas.

Luego comieron queso frito y turrones árabes y crema batida con fresas, riendo como dos niños, como dos dioses, como dos animalitos que eran. Se echaban la crema encima y se la lamían mutuamente, se tocaban reconociendo y aprendiendo; resultaba divertido y fácil y no hacían falta palabras, ni sentimientos vestidos de palabras, ni especulaciones acerca del futuro, ni recuentos de un pasado cargado de experiencias.

28.

Mi relación con Maxim comenzó por casualidad, ligera y descomprometida, como otro juego, al menos para nosotros dos. Causó sus trastornos entre los demás del grupo; Serguei tuvo un ataque de histeria, amenazó con envenenarse o cortarse las venas, nos botó de la casa, pero nos alcanzó antes de que bajáramos las escaleras, se arrodilló y le rogó a Maxim que no lo abandonara, nos hizo regresar, y nos regaló un juego de sábanas nuevas que tenía guardado bajo llave en su escaparate. A partir de entonces él mismo nos preparaba el desayuno y nos lo traía a la cama, nos servía de todas las formas posibles y nos hacía pequeños presentes, preservativos, por ejemplo, o ropa interior. Los otros se mantuvieron como en una función de teatro chino: la mayoría de las cosas que pasan en el escenario resultan ridículas por incomprensibles, pero curiosas y entretenidas. Algún tiempo fuimos el principal tema de conversación; Alexey me llamó aparte, y preguntó si acababa de volverme totalmente loca; Tania, en su forma mordaz de siempre, me aconsejó comprar pañales y biberones; Liuba me hizo dos o tres nuevos tests para averiguar cual sería la siguiente curva de mi mente retorcida; y nosotros dos nos limitábamos a encogernos de hombros y templar en todo lugar y momento aprovechables.

Estábamos explorando el sexo, el sexo puro, las infinitas combinaciones del goce, de deseos, de carnes, de fluidos. No pensábamos en otra cosa que en una nueva posición, no hablábamos de otra cosa que de una nueva posesión, no hacíamos otra cosa.

Yo, por mi parte, había encontrado por fin «el poder del vientre». Noté que los hombres en la calle me miraban con mayor deferencia, y sus miradas removían algo en mi interior, me provocaban un cierto cosquilleo. Me sentía despierta del todo y completamente segura. Por otra parte tenía una necesidad impetuosa de seguir investigando, probar mis descubrimientos en otros especímenes, conocer el alcance de la nueva facultad.

La primera prueba la hice sin proponérmela conscientemente. Estaba en casa a solas con Matvey, bebíamos un brebaje alcohólico que trajo Serguei no sé de dónde, y conversábamos sobre una nueva teoría filosófica que supuestamente él elaboraba. De pronto sentí muchas ganas de que se callara, al menos por un rato, entrecerré los ojos y me quedé pensando en cómo sería templar con Matvey. Entonces él tuvo una especie de bache en su discurso, me miró con ojos húmedos y comenzó a ligarme de la misma manera que lo hacía todo: tediosamente. Lo interrumpí, me instalé sobre sus muslos y lo besé. Sus labios eran muy blandos y mojados, su piel era sosa, pero sentí con las nalgas su pene duro, un pene de verdad. Me levanté, le abrí el pantalón, se lo saqué y me senté encima, introduciéndomelo. Al instante todo cambió y pude comprobar lo que me había dicho Tania tiempo atrás: cuando te acuestas con un hombre, sientes que puedes hacer con él lo que se te antoje. Cualquier cosa.

Estuve acostándome con Matvey a espaldas de Maxim hasta que Matvey se marchó con Ósip (que desde hacía mucho nos estaba induciendo a un acercamiento con «el sistema») para un tal llamado hipturné, o sea, un viaje en autostop de los que acostumbran a hacer los hippies. Entonces decidí (y esta vez de forma muy calculada) probar suerte con Fiodor. Esperé a que Maxim y Serguei salieran para una exposición de esculturas primitivas, y ante los ojos estupefactos de Liuba y Tania me lo llevé a la cama después de hacer uso durante un rato de mi potencia femenina.

Ya tenía cierto material de comparación; advertí que Maxim, pese a su juventud, tenía un talento innato para el arte del sexo, una fantasía inagotable, mientras Matvey sólo repetía una y otra vez el mismo ritual aprendido tal vez de alguna revista porno, y era imposible moverlo del punto muerto (cualquier intento de cambio llevaba al fracaso), y Fiodor, el bellísimo Fiodor con sus ojos violetas, resultó tener un espíritu muy deportivo: parecía estar en una carrera con obstáculos, donde los obstáculos eran desde los juegos preliminares hasta las caricias posteyaculatorias, que se saltaba con ánimo de vencedor urgido por llegar a la meta.

Al regresar Matvey y Ósip, contando maravillas de las ciudades y los hippies de las ciudades y las carreteras, Liuba se marchó de viaje con Fiodor siguiendo el mismo recorrido: Moscú – Leningrado (al que le decíamos como los hippies: «Peter») – Tartu – Peter – Moscú. Maxim estaba loco por irse conmigo para cualquier parte en autostop, pero desgraciadamente no podía faltar a las clases de la escuela, sus padres eran muy estrictos en ese sentido. Comencé a abordar a Ósip, sin que Tania se diera cuenta, por supuesto, a ver si me llevaba de turné. Pero Tania, por supuesto, se dio cuenta, y a su manera de solucionar los problemas, me propuso hacer la gira con ella. Durante una semana estuvimos visitando diversas tusovkas (lugares de reunión de los hippies) de Moscú bajo el asesoramiento de Ósip, cambiamos nuestro look para asemejarnos a los del sistema, y una mañana bien temprano con los bolsillos llenos de direcciones partimos las dos hacia Peter.

29.

Los hippies rusos de finales de los ochenta eran una tribu joven, silvestre y desenfadada que formaban una red a través de todas las grandes urbes del país. Florecían aquí y allá en torno a cafetines, en parques, en edificios deshabitados y en casas temporalmente libres de adultos, que llamaban «vpiska». Cuando un hippie no tenía dónde dormir, llegaba a la tusovka (lugar de confluencia), y preguntaba quién tenía vpiska para esa noche. Siempre aparecía otro hippie que le ofrecía refugio y alimento. Se comunicaban en un lenguaje propio donde mezclaban el ruso con palabras del inglés y la jerga carcelería, llevaban una vestimenta peculiar entre gitana e indigente, les gustaban las flores, la hierba, los adornos de pequeñas cuentas plásticas (feñki), los Beatles, y creían en el amor, la paz y la libertad. Profesaban su fe lealmente, sin hipocresía, y tenían dos palabras claves: kaif y vlom. La primera significaba un estado límite de placer y la segunda era su antónimo. Cuando un hippie pronunciaba cualquiera de las dos, refiriéndose a su propio ánimo, y pedía que lo dejaran en paz, el resto lo dejaba en paz. Cuando un hippie solicitaba ayuda, la recibía.

Se llamaban los unos a los otros «madre» y «padre», se saludaban, aunque no se conocieran, al encontrarse en cualquier parte y distinguirse por los atavíos, con una «V» de Victory (los dedos índice y del medio levantados), se ofrecían «medicina» (droga), dinero y comida sin que se les pidiera, se regalaban los feñki cuando se caían bien, y hacían el amor la mayoría de las veces sin preguntar siquiera el nombre de la pareja.

Se dividían en viejos y pioneros. Los viejos rara vez iban a las tusovkas, consumían más droga y decían ser los hippies de verdad. Los pioneros se sentían más comprometidos con «el sistema» y con sus hipotéticos estatutos, y eran más promiscuos, más desprendidos, más peregrinos y más alegres.

Se buscaban la vida mendigando, vendiendo artesanías, trabajando de barrenderos o serenos (los viejos), o pasando sombrero luego de las hipsessions (una especie de shows performativos donde cada uno de los presentes hacía lo que sabía hacer más o menos bien: los trovadores cantaban, los pintores dibujaban en el asfalto, los poetas recitaban poesía, etcétera).

Existían comunas hippies, la más grande cerca de la ciudad de Riga, otras dos en los Cárpatos, y otra más pequeña en una zona del Cáucaso. Como en todas las comunidades de ese tipo, se alimentaban de lo que cosechaban, y en general llevaban un estilo de subsistencia bastante primitivo.

En su mayoría, provenían de familias con un nivel superior a la media en cultura y posición. La edad oscilaba aproximadamente entre los dieciséis y los veintiuno, y como regla todos regresaban a sus hogares después de un tiempo (conforme a las características propias de cada cual, aunque difícilmente superaba los 48 meses) para llevar una vida similar a la de los padres.

Casi nunca había enfrentamientos excesivos de las autoridades con los hippies, salvo en casos extremos como consumo de drogas en lugares públicos, por ejemplo. Se les veía más bien como a niños descarriados necesitados de un poco de diversión antes de afrontar la monótona vida de adultos; como lo que eran en realidad, quizás.

30.

Las dos visten vaqueros, camisones anchos y sombreros de fieltro con cintas y flores. Cargan mochilas en las espaldas y bolsos pequeños en el cuello como los que se usan para guardar los papeles más importantes o el dinero. Sus brazos están llenos de pulsos hechos de cuentecitas multicolores. El pelo lo llevan suelto, a media espalda. Una es rubia y la otra trigueña, más o menos de la misma estatura, edad y complexión. Paradas en la carretera con los brazos extendidos en solicitud de un alma caritativa que las recoja, se asemejan a cantantes de una banda de folk-rock extranjera. Al primer camionero que finalmente las recoge le parecen dos chiquillas traviesas escapadas de su casa. («¿Y piensan llegar de este modo hasta Leningrado?»).

Con el segundo tienen más suerte: va hasta Leningrado. Detiene el carro a cada rato para comprarles golosinas en las cafeterías de los pueblos, les arregla la camilla detrás del asiento, y las manda a descansar. «Yo nunca tuve hijos», confiesa. Es georgiano, no habla mucho ni muy bien, y canta de vez en cuando a media voz las raras canciones de su tierra.

Nada parece suceder en realidad; el aire de aventura como sacado de una película del Oeste, el peculiar personaje del chofer y el paisaje bucólico tras la ventanilla hacen pensar en una ficción totalmente improbable. Es primavera, los árboles están llenos de flores blancas y rosadas, la hierba es de un verde artificial, y el viento huele a tierra, flores y delirios.

Al amanecer del día siguiente llegan a Peter.

30.

Peter es una ciudad de puentes. Es una ciudad gris con toda la magnitud y magnanimidad del gris, con toda la magia de su perfume. Huele a húmeda madera y frío sudor y a una locura antigua, museable. Peter es una ciudad de museos y locos, de mar, parques y noches blancas, habitada por viejos abandonados, pintores, marineros en retiro, enamorados y mujeres solas.

Yo nunca antes había visto la ciudad en la que nací, no sospechaba tanta belleza, tan aplastante y frío esplendor. Camino al lado de Tania sin abrir la boca, me falta el aire y me tiemblan las manos. Por estas calles andaban mi madre y mi padre aun antes de existir yo, miraban estas columnas, este puente, el agua impenetrable del Neva, las estatuas de bronce. En cualquiera de estos bancos estuvieron sentados besándose o leyendo un libro o alimentando las palomas. Tal vez alguna de estas viejitas los haya visto, ¿cómo preguntarle? ¿Y qué le puede importar nada a una vieja cualquiera? Nos sentamos a fumar un cigarro; una de las ancianas se nos acerca, recoge del suelo el fósforo que habíamos tirado, y lo echa en la papelera al lado del banco. ¡Que clase de ciudad me ha tocado para nacer!

Caminamos sin apuro. Tania comenta maravillada: «¡Mira, mira, qué belleza!», y señala las fuentes y los palacios y los encajes de las rejas; también es la primera vez que viene a Peter. Me hubiera gustado estar sola, o al menos pedirle que se calle, pero temo ofenderla. Ella también tiene derecho a un Leningrado propio.

Al fin decidimos llamar a uno de los números que nos había dado Ósip, nos ponemos de acuerdo, y tomamos el metro para ir a casa de Vasiliy, alias Beizy. El metro es una decepción.

Me juro andar en Peter sólo por tierra. Todas las estaciones se parecen y las personas lucen más lentas y opacas que en Moscú.

Nos bajamos cerca de un lugar al que le dicen La Manzanita; en la otra esquina queda la tusovka, pero la visitaremos luego. Se comenta que Boris Grebenschikov, el líder de Acuarium, suele frecuentar el café del «sistema», aunque puede que sea sólo una leyenda. Llegamos a un patio oscuro, de los que llaman «pozos», rodeado por edificios húmedos, subimos al último piso, el octavo, y tocamos en la puerta con un gran signo pacifista dibujado sobre la madera despintada.

—Hola —dice el joven que nos abre—. Ustedes deben ser las amigas de Ósip. Yo soy Beizy. Adelante.

Nos conduce a un cuarto que se encuentra en penumbras, nos señala el colchón tirado en el piso para que nos sentemos, y sale a preparar té. En lo que me dio tiempo de ver, Beizy es un muchacho normal, no tiene el pelo largo, no usa feñki ni se viste de forma extravagante. Tampoco su cuarto es un cuarto demasiado fuera de lo común: regado discretamente, libros, discos, una grabadora de cinta al lado del colchón, un afiche de U-2 en una pared, un almanaque de hace dos años con Che Guevara en otra pared, varias botellas con velas semiderretidas en las esquinas. Me quedo mirando la foto en el almanaque. Recuerdo Cuba, la escuela, yo de uniforme, parada en una fila de niños que gritan al unísono ¡Pioneros por el comunismo: seremos como el Che!

—Ese es un argentino —me explica Beizy—. Fue tremendo hippie y tremendo loco…

—Creí que era cubano… —comento bajito y comienzo a tomar mi té.

30.

Pasamos tres días en Peter. En realidad, sólo íbamos a estar dos, y otros dos de regreso, pero la misma noche después de la llegada me dio una fiebre muy alta, y me pasé la mañana y la tarde siguientes tirada sobre el colchón de Beizy, tragando aspirinas y oyendo música en lo que él le mostraba a Tania las particularidades del «sistema» de su ciudad. Cuando regresaron, tan radiantes, me negué a seguir tomándome en serio el malestar, y por la noche salí con ellos para La Galería, otra de las tusovkas leningradenses.

La música se oía de lejos. Una flauta y un violín. Desde un edificio antiguo y posiblemente deshabitado de la isla Vasilievski. Una entrada ancha, columnas, oscuridad. Sólo dos velas alumbrando a dos personas, el resto en tinieblas. La escalera, haciendo un semicírculo a modo de anfiteatro, y sobre las escaleras, apiñados, muchachos y muchachas del «sistema». Nos acomodamos entre ellos sin quitarles los ojos a las figuras que desprendían sombras y sonidos, a la violinista delgada de larguísimo pelo claro sujeto con una tira alrededor de la frente y un vestido oscuro hasta el suelo, y al flautista delgado de larguísimo pelo claro, sujeto con una tira alrededor de la frente y un traje oscuro, ambos descalzos, ambos divinos.

Después de tocar varias piezas, ellos se sentaron en el piso a descansar y los demás prendieron cigarros, conversando en susurros. «¿Quienes son?», le pregunté a Beizy con un hilo de voz, y él se encogió de hombros: «Hippies…». Nadie sabía más; tampoco les importaba.

A la mañana siguiente salimos a caminar la ciudad. Se estaban poniendo de moda en el país las primeras ventas particulares; por toda la avenida Nevski había pintores, artesanos y caricaturistas, y entre ellos se colaban las pitonisas, los bailadores de break-dance y los titiriteros.

Se respiraba una atmósfera de alegre despreocupación, como si todo estuviera permitido; podía ser el aire de la primavera, podía ser la vorágine de la Perestroika. Dondequiera había periodistas extranjeros haciendo entrevistas, tomando fotos; los finlandeses se emborrachaban en las aceras, y los japoneses miraban el mundo a través de las cámaras de video. Pero el alborozo en Peter era más discreto, más velado que en Moscú y también, quizás, más taciturno. Uno terminaba con dolor de cabeza, como si la ciudad le bebiera las fuerzas, aunque podía ser una reacción exclusivamente mía; en cualquier caso, era hora de marcharnos.

Esa noche, a modo de despedida, me pasé del sofá, que compartía con Tania, para el colchón de nuestro anfitrión a fin de aumentar las experiencias en el terreno para mí nuevo, y me percaté de que hasta los hombres de Peter eran más sobrios que los moscovitas, aunque un soldado, por supuesto, no hace la guerra...

Al amanecer le agradecimos a Beizy su atención y hospitalidad, y volvimos a la carretera.

31.

La idea era visitar Tartu, una pequeña ciudad de Estonia, que por alguna razón era un gran centro del «sistema«; estar allá uno o dos días, regresar a Peter y de ahí a Moscú. Debían tomar cualquier transporte que se dirigiera para Tallin y, antes de llegar, desviarse unos pocos kilómetros en un entronque de la carretera. Andaban con suerte, enseguida pararon un autobús que iba hasta Tallin. Estuvieron cantando una popular canción hippie: «Mira el mapa, mira el mapa, vamos para Tartu, vamos para Tartu», pero finalmente se quedaron dormidas y pasaron de largo el lugar del desvío.

Llegaron a Tallin de noche, sin ningún número al que llamar, sin siquiera saber las direcciones de las tusovkas. Intentaron averiguar algo con los transeúntes, pero ninguno les respondía en ruso, ya sea porque no lo hablaban o porque no les daba la gana de hablarlo. Decidieron dormir en la terminal, cuando vieron un camión parqueado. «¡Tiene chapa de Moscú!», gritó Tania feliz y corrió hacia el chofer, que les explicó que pensaba pernoctar ahí y que por la mañana salía rumbo a Riga. «¿A Riga?», se miraron. No les hacía camino por ningún lado. «Vamos a Riga», insistió el camionero, «Les va a encantar…». «Vamos», accedieron ellas, encogiéndose de hombros. No tenían nada que perder, y además, la carretera que salía de Riga para Peter pasaba por Tartu.

Se montaron en el camión, comieron tocino, pan negro y cebolla que les brindó el chofer, bebieron con él la magnífica cerveza estonia y contaron chistes toda la madrugada. Era un muchacho divertido, gordo, con una cara muy roja y enormes manazas tiznadas; se reía de forma tan contagiosa que parecía representar la risa misma, y se sabía una inmensa cantidad de bromas populares.

Anochecía cuando llegaron a Riga. El camionero iba a cargar una mercancía temprano en la mañana, y luego se marchaba para Moscú. «¿Me acompañan?», preguntó y las miró casi suplicando. Negaron apenadas. Recibieron un abrazo enorme cada una y avanzaron por la avenida Leninskaya en busca de la tusovka.

Riga era una ciudad salida de un cuento de hadas, con casitas blancas de techos rojos de tejas, con veletas y chimeneas y plazoletas de piedra y castaños en flor. No parecía un sitio dónde vivieran personas comunes, al menos no de este siglo. Daba la impresión que de un momento a otro aparecerían los coches tirados de caballos, llevando al baile a señores encopetados y doncellas enfundadas en vestidos vaporosos.

Tania se quejaba del cansancio y de su cabello sucio, Alia lamentaba que la gente con las que tropezaban tuvieran un aspecto tan ordinario. De pronto un par de muchachos que caminaban en dirección contraria les dijeron algo en su idioma. Ellas se miraron y siguieron de largo sin haber comprendido una palabra.

—¡Hey! —las llamó uno de ellos.

Se detuvieron, los miraron expectantes.

—¿Saben qué les dijimos?

—No.

—Les preguntamos a dónde van tan bonitas.

—Buscamos la tusovka.

—¿La qué? —se acercaron.

Tuvieron que explicarles. Ellos les hacían preguntas sobre «el sistema», y ellas les respondían como buenas alumnas que se habían aprendido bien la lección impartida por Ósip.

—¿Y si uno quiere ser hippie, qué es lo primero que tiene que hacer?

—No sé… Serlo y ya.

—Entonces ya soy hippie. Tengo vpiska esta noche (¿se dice así?). Las invito a mi casa para que puedan dormir. Bienvenidas a Riga.

Se miraron unos instantes.

—¿Tienes champú en tu casa? —Tania se tocó el pelo.

—Estás de suerte, muñeca, tenemos de todo…

32.

Atravesamos un pequeño recibidor que a la vez era la cocina, y entramos en una habitación con tres camas y una gran mesa redonda. Nos sentamos alrededor de la mesa, alguien pone una botella de vodka y varios vasos. Sirven la bebida.

–No, gracias –dice Tania y me mira.

Yo también la miro. De pronto estamos rodeadas por seis o siete hombres de rostros sombríos.

–Tomen –ordena el mayor de ellos en un tono que nos obliga a beber sin protestar.

–Nosotros pertenecemos a una organización que lucha por la limpieza de nuestra raza –explica el muchacho que nos había convencido de acompañarlos.

–Nazis... –dice Tania con los ojos temblorosos.

–Si quieres, puedes llamarnos así. En realidad, no nos proponemos limpiar el mundo de basura, sólo nuestro país y en particular, nuestra ciudad. No tienen nada que hacer aquí...

–Ya nos íbamos –interrumpe Tania e intenta levantarse, pero el mayor la sienta de un tirón

–¡Quítense la ropa! –dice.

Tania me mira. No imagino qué cara tendré yo, que de pronto ella comienza a suplicarme aullando como las plañideras de los velorios:

–Alia, por favooor, haz lo que ellos quieeeren, eso no es lo peor que le puede pasar a una mujeeer, por favooor, quítate la rooopa, ¡nos van a mataaaaaar!

Escucho sus palabras a través de una gruesa capa de algodón, con la visión lateral percibo cómo se desviste. Uno de los letones me grita en la cara: «¡Desvístete!». Extiende las manos al cuello de mi camisón. Me agarro el cuello del camisón con fuerza y él me dobla los dedos hasta descoyuntarme el pulgar. Grito del dolor. «¡Cállate!», chilla y me da un golpe en la cabeza. No lo siento demasiado duro, el dolor en el dedo cubre las demás sensaciones. «Deja a la perra esa», le dice el mayor que está montando a Tania desnuda sobre una de las camas. Tania tiene los ojos cerrados y desde bajo las pestañas le corren sin detenerse dos arroyuelos. El mayor se estremece, se levanta, y le cede el turno al que me había golpeado. «Ven», me dice, me agarra y me tira sobre otra cama. Se acuesta encima de mí y trata de separar mis piernas. Cuando ya casi lo logra, yo vuelvo a gritar salvajemente. «Cállate», exige y retrocede. Adivino que les asustan los gritos, me echo para un lado más segura, e intento colocarme el pulgar en su sitio. Está completamente virado al revés, la uña rozando la muñeca. «A ver qué te pasó», dice él en un tono casi suave. Se lo muestro. «Te lo arreglaré, si luego te quitas la ropas y ayudas a tu amiga, mira cómo trabaja, la pobre». Miro. Tania está dando brinquitos sobre el tercer tipo y los arroyuelos que le salen desde bajo las pestañas se han convertido en ríos. «No», respondo con una voz que no es la mía. «¿Qué?», dice el mayor y acerca su cara amenazante. «No», repito más alto. Me da un cachetazo. Sigo sin sentir ningún dolor salvo el del dedo. Me abofetea varias veces. Callo. Tania termina con el de turno y pasa al siguiente que la obliga a hacércelo con la boca. El mayor me hala el pulgar con fuerzas y me tapa los labios con la mano. Así y todo escucho mi grito. Sin embargo, el dolor cesa bastante. Los ríos se han convertido en cascadas sobre las mejillas de Tania. «Mírala», comenta el mayor, «¿No te da lástima?». La miro. Parece estar ahogándose con ese tarugo metido en la boca. «¿No te parece un acto de solidaridad ayudarla para que termine más rápido?». Callo. Miro a Tania mover la cabeza de atrás para alante, de atrás para alante, infinitamente, y la cascada inundando su pecho. «¿No lo vas a hacer?», insiste el mayor. «No», la voz sale de mi garganta, aunque no estoy segura de ser yo. «Púdrete, puta», suelta el mayor, me da la espalda y comienza a roncar. Tania abre la boca y por su cuello corre un espumarajo blancuzo que se mezcla con las lágrimas y el sudor. Abre los ojos y me mira. «Ven», la llama el que nos había invitado, «para que te laves la cabeza». Tania me mira como si yo fuera la única culpable de todo su martirio y toda su vergüenza. El dedo ya casi no me duele, aunque hubiera preferido que me doliera, lo hubiera preferido mil veces.

Al alba nos montan en el tranvía que nos sacará fuera de la ciudad. «No vuelvan por acá», nos gritan los letones por la ventanilla. «Que no las volvamos a ver más nunca en nuestro país». Llegamos a la última parada, nos bajamos, caminamos en silencio. Es como si las palabras hubieran muerto, todas las palabras del mundo, y algo más.

Llegamos a una rotonda, vemos el letrero, «Leningrado», y la flecha. De pronto Tania se inclina y levanta algo de entre la hierba. Se lo lleva a la boca. Se arrodilla y comienza a comer como una vaca. Miro con atención y descubro que está comiendo nevadillas. La imito. Las flores saben a flores, pero por lo demás no están mal. Mejor que nada. Comemos durante mucho tiempo nevadillas transparentes de la primavera, y luego, sin ponernos de acuerdo, salimos a la carretera.

Caminamos muy lentamente. Nadie para, tampoco sacamos el brazo. Caminamos interminablemente. Al borde de la pista vemos un bulto de heno, vamos hacia él, nos acomodamos y nos dormimos. Cuando nos despertamos, el sol está muy alto. Volvemos a la vía. Esta vez sí intentamos parar algo y casi enseguida un auto pequeño se detiene a nuestro lado. El chofer anuncia que va para Leningrado, para su casa. Montamos. Yo me vuelvo a dormir en el asiento de atrás, y al despertar descubro que estamos estacionados en una ciudad. Todas las ciudades de Pribáltika de pronto me resultan parecidas y odiosas. El chofer regresa con helados para nosotras. «¿Dónde estamos?», pregunto, mi voz sigue irreconocible. «Tartu», dice Tania y me mira. Comemos el helado, nos miramos. El chofer arranca y Tania se vuelve hacia delante. Delante está Peter.

33.

Al regresar a Peter intentaron hospedarse nuevamente con Beizy, pero no lo pudieron localizar. Entonces, a pesar del cansancio y de la hora poco apropiada para viajar, decidieron volver a Moscú. No tuvieron ni que ponerse de acuerdo, una de las dos (cualquiera) lanzó la idea y la otra asintió como si ya lo hubiese pensado. Ambas tenían una necesidad suprema de estar en casa, o al menos, en un lugar donde se sintieran a salvo. Por otro lado, les urgía separarse; no lo hacían antes del retorno únicamente por un elemental sentido de educación, de un compañerismo impuesto, reglas de la vida gregaria. Hablaban poco, sólo lo indispensable. Se sabían enemigas, aunque no se explicaran claramente las razones.

Llegando a Moscú, tomaron rumbos diferentes: Tania fue por unos días a visitar a su madre, y Alia, por supuesto, para la casa de Serguei.

La casa de Serguei estaba igual, pero parecía más sucia y regada. Alia se acostó en la cama a esperar a Maxim y ahí, con una tijerita de uñas, rayó en la pared la palabra PUMA. Leyó muchas veces la palabra, hasta que llegó Maxim y le hizo el amor con todas las ganas contenidas durante la ausencia. Y haciendo el amor con Maxim, Alia se sintió finalmente en casa.

–¿Tú me quieres? –le preguntó por primera vez.

Enseguida reconoció su necedad. Vio los ojos sorprendidos tan cerca de los suyos, la boca entreabierta, los dientes que aún no tenían ni un empaste.

–Fue una broma –dijo y rió.

34.

Algunas veces, cuando Maxim dormía en su casa (de vez en cuando dormía en su casa con su papá y mamá), Serguei entraba en mi cuarto por la mañana, se sentaba en la cama a mi lado, y me contaba los sueños eróticos que había tenido con Maxim.

En una ocasión estábamos él y yo solos, su cuerpo sobre mi sábana, su cara de caballo haciendo muecas de placer al contar cuantos orgasmos tuvo en la última experiencia nocturna. De pronto, me resultó excesivamente morboso su juego, lo empujé, lo tumbé de la cama, le grité que saliera de mi cuarto inmediatamente. «¿Tu cuarto?», se rió desde el piso. «¿Desde cuando hay algo tuyo en esta casa?». Lo miré desconcertada, tenía razón. «No eres más que una putica barata, una putica tonta a mi merced…». Se arrastró hasta la cama y me agarró de los pies. No se me ocurrió luchar, creí muy en serio estar a su merced. Me los separó todo lo que pudo, se acostó sobre mí y dijo: «Ahora me harás todas las cosas que le haces a él. Quiero saber qué te encuentra a ti, cual es el misterio…». Lo sentí moverse, sentí su sexo moverse encima del mío a través de la ropa. «¿Así es como él te lo hace?», preguntó virándome de frente a la almohada, arrancándome el blúmer y penetrándome bruscamente. Grité, pero a él sí que no le importaban mis gritos para nada. «¿Te gusta?». Seguía clavándome el pene dura y dolorosamente. Lo sacó de la vagina y me lo encajó en el ano con una fuerza despiadada. «¿Será esto lo que te gusta? ¿Es esto lo que te hace Maxim?». Seguí gritando hasta que él tuvo un breve espasmo, y luego inmediatamente arrancó el trozo ardiente de mis entrañas. «Cállate, puta», dijo y me escupió en la cara. «Será mejor que te calles para siempre», y se fue para su cuarto.

Marqué el número de Maxim, lo necesitaba ahora, inmediatamente, a mi lado.

—Hola —respondió la madre de Maxim.

—Hola... con Maxim, por favor.

—El no está —dijo su madre—. ¿Quiere dejarle un recado?

—¿Usted es su mamá? —le pregunté a la madre de Maxim.

—Sí. ¿Y usted quién es?

—Soy su novia. ¿Él no le ha hablado de mí?

—¿Cuál novia?

—La última, supongo. Necesito hablar con él.

—Pero él no está... Se fue a ver a la novia.

—¿A cuál novia?

—No sé a cuál. Dijo que iba a salir con la novia.

—Su novia soy yo. ¿No le dijo a dónde fue?

—No llore, por favor...

Colgué. Me vestí llorando, salí a la calle. No tenía a dónde ir, no sabía qué hacer, a quién acudir. De pronto, se me ocurrió ver a Alexey, él tenía algo noble, algo que inspiraba confianza. Tomé el metro, y por primera vez me pareció que las personas me miraban con censura. Me hacían sentir vergüenza.

Alexey abrió, vio mi cara, y sin preguntar nada me condujo al baño. Llenó la bañera con agua tibia, echó espuma y sales, me dejó la toalla, la bata de felpa gris con rallas blancas, y salió a la cocina a preparar té. «Tómate tu tiempo», dijo. El agua me relajó, el agua y el aroma y la espuma y la luz difuminada crearon en mí la sensación de estar bien, muy bien. Luego, el té y la música tan rara que oía Alexey acabaron por rendirme. «¿Quieres descansar un rato?», preguntó. Asentí incapaz de hablar. Me condujo al pequeño cuarto-biblioteca, me ayudó a acostarme sobre el sofá, me tapó con una manta y prometió despertarme dentro de una hora. «No volveré a casa de Serguei», murmuré con los ojos cerrados.

34.

—Eres una imbécil –dijo Alexey–. A ti nada más se te ocurre en casa de un maricón echarte a su novio maricón, que para colmo es menor de edad.

Prendió dos cigarros, me extendió uno, le dio una profunda chupada al suyo y me volvió a mirar como si yo fuera un gusarapo.

—A ti hay que darte azotes. A ti y a todas las que son como tú hay que amarrarlas y azotarlas hasta que muden la piel, a ver si aprenden...

Me quitó el pelo de la cara con un gesto muy cariñoso, me alcanzó el cenicero y me arregló el escote de la bata, todo sin dejar de regañarme en tono aplastante.

—Aire es lo que tienes en la cabeza; en vez de estudiar o ponerte a trabajar, con ese cuerpazo, andas en la bobería, comiendo mierda, perdiendo el tiempo tuyo y haciéndoselo perder a los demás...

Me secó las lágrimas, sus dedos olían a limón y nicotina, sentí ganas de besarlos, pero me contuve.

—Deja ya de lamentarte y ponte para las cosas. Llama a Maxim o lo que vayas a hacer y mira a ver si te enderezas; si no, habrá que enderezarte a golpes...

Me dio palmaditas en la mejilla.

—¿No me puedo quedar contigo? –pregunté tímidamente.

Alexey sonrió, me indicó con señas que hiciera silencio y me condujo a su cuarto. Sobre la alfombra del piso dormía Liuba totalmente desnuda.

34.

Marco el número de Maxim.

—Hola —responde Maxim.

—Hola —digo—. Me hace falta hablar contigo. Es urgente.

—¿Tú fuiste quien llamó a mi casa esta mañana?

—Sí. Me siento terriblemen…

—¿Te has vuelto loca? Cómo se te ocurre hablar con mi ma…

—Es que Serguei me…

—¡No me importa Serguei! Mi madre dijo…

—¡No tengo a dónde ir!

—¡Pues vete para el carajo!

—¿En serio?

—¡Claro que es en serio! ¡Sólo me traes problemas!

—¡Tú eres el que es un problema! Por tu culpa Serguei …

—¡No me metas en tus asuntos con Serguei ni con nadie! Estoy harto de…

Colgué.

Frente a mí Alexey sonreía con una mueca sagaz.

—Alguien, según tengo entendido, te llama Alfa —dijo—. Pero eres una pobre Beta. Para llegar a Alfa debes crecer y crecer…

34.

Por primera vez voy a la tusovka sola. No estoy disfrazada al estilo del «sistema», y mi maleta con las ropas se ha quedado en casa de Serguei. Apenas tengo dinero, Alexey me dio lo suficiente para el metro, una caja de cigarros y una taza de café. Llego a la «Pecera», veo a varios hippies sentados en un muro delante de la cafetería, me siento junto a ellos intentando parecer natural. Nadie me pregunta nada ni yo tampoco les hablo.

Unos llegan, otros se van. Todos hablan en su jerga bastante fluidamente. De vez en cuando alguno entra, se toma un café y vuelve a salir. Fuman. Nadie me hace el menor caso.

Oscurece; no queda ninguno de los que estaban cuando llegué, pero hay más o menos la misma cantidad. Se me están terminando los cigarros y hace mucho que me tomé mi café. No tengo ni un centavo, ni para llamar por teléfono, nada. Comprendo que si no entablo comunicación nadie lo hará conmigo, pero no acabo de decidirme. Me encuentro en un estado de estupor muy característico en mí.

Han cerrado la cafetería. Se están yendo las últimas personas, si no hago algo urgente, tendré que dormir en este muro. Levanto la vista hacia un grupo de tres que discuten si van para la casa (dicen «flate») de un tal Jijos o para la de Ostarta. Hago un esfuerzo y pronuncio con voz ronca: «¿Tienen vpiska para esta noche?». No me oyen. Repito mi pregunta más alto. Se vuelven hacia mí y me miran como a un bicho. «¿De dónde eres?» –la muchacha parece más amable que los otros dos. Callo. No sé de dónde se supone que soy. «Vamos», le dice uno de los muchachos al resto. Tiene una pierna mucho más corta que la otra, y anda con muletas. Se van. La muchacha se vuelve una vez para mirarme, luego los tres desaparecen en la oscuridad.

—Es mejor que no te mezcles con el grupo de Pochi —me dice uno de los pocos que quedan a mi lado.

Lo miro sin saber cómo mantener la conversación.

—¿Tú no eres de Moscú? —me pregunta.

—No… Pero llevo tiempo viviendo aquí…

—No lo parece…

De nuevo busco desesperadamente algo qué decirle, pero estoy en un callejón sin salida. Él se levanta. Temo quedarme sola, y me levanto también.

—Por lo visto Romashka no viene ya —dice él—. ¿Conoces a Romashka?

—No… ¿Es tu novia?

Me mira como si le hubiera dicho la mayor estupidez que ha oído en su vida. Comienza a caminar por la acera. Lo veo alejarse. Los otros que quedaban ya se han ido. Entonces se detiene y se vuelve hacia mí:

—¿Vienes, o qué?

35.

Nik (Nikolay) me presenta a su esposa Mila que está acostada en la cama mirando su barriga exuberante, que sobresale desde bajo la sábana como un melón.

—¿Trajiste la medicina? —pregunta Mila sin prestarme atención.

Me siento en el piso, como tengo entendido que hacen los hippies.

—Romashka no vino —responde Nik y me pone una silla al lado—. Siéntate, hazme el favor.

—Eres un inútil —Mila se vira hacia la pared.

—¿Ella está enferma? —le pregunto a Nik.

—¿Te puedes sentar en la silla? —responde con rabia.

Me siento en la silla. Nik comienza a andar con unas cazuelas en la esquina que hace de cocina dentro del cuarto. Descubro que me estoy muriendo de hambre cuando me llega el olor de la sopa. Nik pone la mesa y nos llama.

—Vete al diablo —responde Mila sin volverse.

Yo no me hago de rogar. Devoro el borsch de schável con apetito. Hasta encuentro un trocito de carne, qué maravilla. Nik va hacia la cama con un plato en la mano, y comienza a convencer dulcemente a Mila de que debe comer por el bebé que lleva en la barriga. Logra darle unas pocas cucharadas, antes de que ella se vuelva a virar hacia la pared.

—Te odio —le dice Mila a la pared—. Dios, ¡cómo te odio!

Me quedo sentada en la silla sin saber qué decir ni qué hacer, hasta que Nik extiende una sábana sobre el sofá.

—Acuéstate —dice y apaga la luz.

Me acuesto. Me duermo casi enseguida, pero a medianoche me despierta la discusión. Ella quiere que él salga a buscar algo que él se niega a salir a buscar. Ella no escatima en ofensas ni vulgaridades. El tono de él es más bien resignado. Al final lo siento vestirse en la oscuridad y salir. Vuelvo a quedarme dormida.

Otra vez me despiertan sus voces. Ella ríe y su risa me recuerda el hospital psiquiátrico de Odessa. El cuarto está lleno de un humo que no es de cigarro. Más escueto, para llamarlo de algún modo, pero muy agradable; tiene algo de perfume exótico. Él habla con voz lenta sobre el bebé que van a tener. Va a ser un hippie desde que nazca. Sus pañales serán de mezclilla y usará feñki en los brazos y las piernas y el cuello. Ella ríe. Y nunca le cortarán el pelo, le crecerá hasta los tobillos y más allá. Ella ríe y ríe. Y llevará una corona de marihuana en la cabeza…

Me levanto antes que ellos, dejo una nota dándoles las gracias, y me marcho para «La Pecera».

36.

Hasta el mediodía aproximadamente no viene nadie, y Alia se la pasa dibujando con el dedo figuras en el muro. No piensa en nada especial, simplemente toma sol y pasa el dedo por el cemento una y otra vez.

Luego comienza a llegar la gente. Reconoce a algunos del día anterior, se siente más familiarizada. Un muchacho de cara muy pálida la invita a beber café.

—¿No tienes vpiska, por casualidad? —le pregunta, tímida.

—¿No te parece muy temprano? —él la mira extrañado.

—Bueno —ella se encoge de hombros—, es por si acaso…

—Si quieres, podemos ir a mi casa. A mis padres no les importa…

Van para su casa. Por el camino confiesa que es John Lennon, aunque le dicen «el Lobo».

—Mírame bien… ¿No me reconoces?

—Sí… —a ella le da lo mismo.

La casa de John es casi un palacio en la Karetnaya. Una mujer mira el recital de Rafaela Carrá en el televisor a color. Al verlos llegar se agita toda.

—¡Viéñechka! ¡Te fuiste sin desayunar! ¡Ni siquiera te tomaste las vitaminas!

—¡Déjame! —la corta Viéñechka y se encierra en el cuarto con Alia.

El cuarto está pintado de negro con estrellas blancas en el techo que forman la osa mayor y una cadena que cuelga desde el lugar dónde se supone que debe estar la lámpara, encima de la cama, con un nudo en la punta. En el nudo de la cadena hay una banderita de los Estados Unidos. Se acuestan justo bajo la banderita, se lamen discretamente.

—¿Quieres oír música? —él salta de la cama y pone un casete en la grabadora.

El cuarto se llena de acordes del conocido grupo.

—Escucha, ese soy yo con Yoko —comenta John.

—Suenas bien…

—¿Te gusta? —él la besa con más intensidad.

—Sí —Alia responde a sus besos con ganas. Realmente le gusta ese tipo.

Se desvisten apresurados. Él la penetra fuertemente, pero enseguida hace una pausa para acostumbrarse los dos a la nueva circunstancia. Ella se mueve un poco; definitivamente le gusta ese tipo. Él se mueve también, cambiando de ritmo de manera sorpresiva. A veces parece el colmo de la ternura, y al siguiente instante es brutalmente voraz. Acaban bañados en sudor mirándose a los ojos largamente.

—Te tengo que hacer una confesión —anuncia él.

Alia se prepara a escuchar algo como «eres la mujer de mi vida» o cualquier cosa por el estilo.

—Yo tengo cáncer.

Alia mira sus ojos verdes sin procesar aún la información.

—En el estómago.

—¿En el estómago? —ese detalle de pronto resulta relevante—. ¿Cáncer?

—Me voy a morir —dice John Lennon.

Él todavía está dentro de ella. Ella todavía lo siente dentro. Eso es más de lo que Alia puede soportar.

—Me voy —anuncia y se levanta, evitando mirarlo.

36.

Veo desde lejos a Ósip sentado en el muro ante «La Pecera» y grito: «¡Ósip! ¡Ósip!». Él me mira sin mostrar ninguna alegría. Me acerco, le pregunto por Tania y comienzo a contarle que ya soy una hippie de verdad. «Necesito vpiska», anuncio.

–¿Quién te dijo que yo te voy a ayudar? –dice Ósip.

–¡Pero, padre...!

–El lobo siberio es tu padre –me interrumpe Ósip y se levanta.

Me quedo mirándolo alejarse. Los otros que están en el muro también lo miran alejarse. Algunos me miran a mí también. Una muchacha se sienta a mi lado. La reconozco, era la que andaba ayer con el cojo y el otro.

–Toma –me extiende una feñka.

Me la pongo.

–Gracias –digo.

Yo soy Mara –me observa con ojos distintos (uno pardo y el otro gris)–. Si quieres bañarte o comer, podemos ir a mi casa. Yo vivo aquí cerca, en la calle Kirova.

–Sí –respondo–. Creo que tengo hambre.

Por el camino Mara cuenta que va a cumplir dieciocho años, que vive con la mamá y el padrastro, pero el padrastro está preso porque le disparó a la mamá, aunque no la mató, sólo la hirió en una mano.

–Ella quedó un poco mal de la cabeza, no hagas caso a nada de lo que diga...

La madre de Mara nos recibe con una avalancha de insultos. Nos califica a las dos de fascistas y pervertidas, y amenaza con llamar a la policía para que nos metan presas. Imito a Mara en su apatía y la sigo hasta la cocina. Allá comemos pan y seliodka

y papas hervidas con cáscaras. La madre de Mara sigue inju-
riando desde la sala y nosotras haciéndonos las sordas.

–¿Te vas a bañar?

–Me gustaría…

Mara prepara la bañera, me da una toalla y yo me meto en
el agua tibia. Al rato escucho las voces alteradas afuera. Mara
toca en la puerta.

–Sal –dice–. Mi madre llamó a la policía.

Me pongo la misma ropa sucia sobre el cuerpo enjabonado,
salgo, Mara me agarra del brazo y corremos escaleras abajo.

–Creo que te tengo una vpiska –anuncia ella.

Subimos al edificio del frente, a la azotea, tocamos en un
minúsculo apartamento, construído evidentemente mucho después que el resto. Nos abre un personaje de barba que, si no es
hippie, es pordiosero.

–Hola, Jijos, esta es una amiga mía –me presenta Mara–. Se
va a quedar en tu casa por unos días.

Jijos nos cede el paso y entramos en su cuchitril lleno de
pájaros disecados que cuelgan de todas partes.

–Jijos no habla –me explica Mara–. No es mudo, simplemente no quiere hablar.

–Hola, Jijos –saludo.

No hay cama, ni mesa ni sillas, sólo pájaros, un baúl y unas
alfombritas tejidas. Nos sentamos encima del baúl.

–¿Tienes medicina? –pregunta Mara.

Jijos le quita la cabeza al búho, le mete la mano hasta la
barriga, saca un rollo de papel, lo abre, separa unas pastillas y
guarda el resto. El búho queda otra vez íntegro. Nos da dos a
cada una y se toma tres. Miro las pequeñas tabletas en la palma
de mi mano.

–Eso está limpio –asegura Mara.

Me las pongo sobre la lengua y trago. Se me adormece un
poco la garganta. Jijos se acuesta sobre una de las alfombras. El

búho pestañea, no me gusta para nada cómo me mira. «Vámonos de aquí», le digo a Mara. «El búho me está mirando...». Mara se acuesta al lado de Jijos y le pasa las manos por el cuerpo. «Ven», me llama desde el piso. «Esto es el kaif...». Los pájaros disecados mueven las alas, quieren volar. «Vámonos», le digo a Mara, «van a volar...». Mara le quita la ropa a Jijos y debajo de las ropas Jijos es un gran pájaro disecado. Vuela hacia mí y se posa a mi lado con su cara barbuda. Picotea mi cuello y mi pecho. Mara sobre la alfombra le hace el amor al búho. Yo sobre el baúl le hago el amor a Jijos. Los pájaros disecados vuelan alrededor de nosotros y gritan en su idioma de pájaros. Me crecen alas, las muevo y subo al aire chocando con las paredes, el techo y los otros pájaros. Ellos se enfurecen y me atacan, me destrozan las plumas. Caigo mortalmente herida sobre los brazos de Jijos, que me quita la cabeza e introduce las garras hasta mi barriga. «No te preocupes», dice Mara, «eso está limpio...».

Anochece. Mara duerme sobre una alfombra abrazada a Jijos. Alguien toca en la puerta insistentemente. Me bajo del baúl donde estaba durmiendo, pero apenas me puedo mover, mis músculos están hechos trencitas. Llego hasta la alfombra y sacudo a Mara por el hombro: «Están tocando...». Mara abre los ojos, aunque no parece verme. De pronto se estremece y comienza a despertar a Jijos. Jijos se levanta por fin, se arrastra hasta la puerta y la abre. Entran unos hippies, se acomodan, piden medicina. Jijos les ofrece las entrañas del búho. Se toma tres, le da dos a Mara, me extiende dos a mí, pero me niego. «Me voy», le digo a Mara, que pone unos ojos muy grandes: «¿A dónde?». «No sé. Me voy». Estoy cansada de sobresaltos por el día de hoy. Salgo y bajo las escaleras con gran trabajo.

Lentamente regreso a «La Pecera».

37.

Al mes de estar en «el sistema», Alia ya se siente aclimatada
a la vida hippie. Ha aprendido a mendigar, a picarles cigarros a
los transeúntes, a dormir en cualquier rincón, a comer sobras en
cafetines y a consumir todo tipo de drogas. Se ha acostado con
cada uno de los que han querido hacerlo con ella, ha ampliado
considerablemente sus horizontes eróticos y sensitivos.

Le ha tomado el gusto a la marihuana y a algunas pastillas,
desprecia a los oledores de cola, comedores de betún y ciertos
narcómanos que llevan los antebrazos reventados por inyectarse
un brebaje casero de semillas de amapola. Sabe cuando una
cosa está limpia y cuando no, ha probado de todo. De vez en
cuando, alguien le regala alguna ropa para que no ande tan
cochina, aunque le es indiferente cómo luce.

A veces llama por teléfono a Alexey, su único vínculo con el
mundo «civilizado» (aparte de la iglesia católica en la Málaya
Lubianka, a la que va algún que otro domingo para despe-
jarse), y Alexey muy dulcemente la regaña por seguir comiendo
mierda. «Cuando quieras, ven por acá», dice siempre antes de
colgar. «Seguro», responde Alia, pero no va. No se siente con
ánimos como para ir.

Un día descubre a un hippie que no conoce mirándola insistentemente. Tiene el pelo muy largo y oscuro y ojos azules,
enormes. Escribe algo en un papel, y al pasar a su lado se lo
entrega. Luego se va.

Alia abre el papel, lee sorprendida; es un poema.

El vacío inunda mi mundo

y yo hago pompas de jabón
para llenar el espacio.
Gente, no toquen sus temblorosos cuerpos.
Pero ellos riendo los explotan
con sus peludas manos
porque yo no elegí la soledad.

Alia lo relee hasta aprendérselo, y al otro día va a la tusovka
ávida de volver a encontrarse con él.

37.

El quinto amor de mi vida se llamaba Gitano. En realidad, se llamaba Igor, pero le decían Gitano. No sé porqué: de gitano no tenía nada, los padres eran judíos. La mamá trabajaba de bailarina en el Bolshói y el papá era economista o algo por el estilo. Vivía al modo silvestre de los hippies desde hacía dos años y escribía poesía. «Soy el bardo del "sistema"», decía. Se trenzaba el pelo para hacer el amor y también me lo trenzaba a mí, aunque me gustaba más suelto. Tenía los dedos muy finos, unos ojos enormes y como velados, con un brillo melancólico; daba la impresión de consumirlo una tristeza insondable, aunque estuviera riendo. No parecía un tipo de nuestra época.

Al principio, el Gitano sólo me besaba las manos y me regalaba flores y poemas. Yo, en cambio, le regalé todas mis feñki, una por una. Íbamos por ahí, a caminar, cosa que yo había dejado de hacer desde ya mucho tiempo, nos metíamos en el edificio 32 bis de Sadóvoye Koltsó, donde supuestamente transcurre *El Maestro y Margarita*, y leíamos los graffitis en las paredes, las citas de Bulgákov, subíamos a la azotea a invocar a Vóland; conversábamos de poetas ya muertos, de música clásica, de ballet. Su madre lo llevaba desde pequeño a los ensayos, conocía todos los rincones del Gran Teatro, me lo describía tan al detalle que dejé de lamentarme por no haberlo visitado nunca.

Fumábamos hierba en las vpiskas y luego hacíamos el amor a su manera exquisita y parecía que no acabaríamos nunca y yo no quería que nunca acabáramos. Más tarde, salíamos envueltos en sábanas como en túnicas, espantando a los pocos transeúntes de la medianoche; yo me sentaba en cualquier escalera para escucharlo recitar sus poemas, y él se arrodillaba ante mí a recitarlos.

Cuando llovía, andábamos descalzos, abrazados, mojándonos alegremente, y de pronto él me cargaba para cruzar un charco especialmente profundo y yo nunca tuve miedo de que me dejara caer.

Nos gustaba hacer competencias de longitud del pelo, aunque él siempre ganaba: el suyo se enrollaba en la nariz siete veces.

Soñábamos con vivir en algún país exótico, Australia, por ejemplo. Teníamos una canción sobre Australia y sobre el mar y el amor.

A veces el me mordía preguntando: «¿Tú eres de verdad?». Entonces yo le respondía mordiéndolo: «Claro que no. Soy una imagen holográfica. La verdadera Alia está en París, manejando un Mercedes por la nosequiú aveniú…».

Fue el primer hombre del que yo me enamoré. Y fue el primero de todos con los que me había acostado hasta el momento que realmente se preocupaba por lo que yo sentía.

37.

Una boda hippie es un suceso en «el sistema»; todos quieren participar. Personas que no conozco me traen ropas y flores, me regalan feñki, medicina y dinero. Me desean mucho, mucho, mucho kaif.

El Gitano y yo hemos decidido casarnos. Ya conocí a sus padres. Ella, pequeña, áspera e intransigente: «En mi casa no los quiero. Y tú» —a mí— «¿tienes registro de dirección moscovita en el pasaporte? En cualquier momento le aviso a la policía para que te saquen tras el kilómetro ciento uno...»). Él, totalmente flemático, mirándonos por encima de sus gruesas gafas. Ni siquiera tuve el honor de escuchar su voz...

Me pongo una saya blanca, larga, un blusón festoneado al estilo hindú, me atesto los antebrazos y el cuello de feñki, me trenzo las flores en el pelo.

El Gitano también está muy elegante con un jean bordado de flores y la palabra «peace» y los signos pacifistas en las rodillas y la nueva chaqueta de mezclilla llena de sellos y todas las feñki que le he regalado. Lleva una cinta blanca alrededor de la frente, y yo le pongo una rosa blanca tras la cinta. Parece un ser divino, me dan ganas de besarlo sin parar.

Algunos amigos nos acompañan hasta la oficina del registro civil. Nuestros testigos son el Lobo y Mara, que desde hace un tiempo están viviendo juntos en casa de un viejo matrimonio hippie por Zamoskvorechye.

Luego de firmar, vamos para El Palomar, la nueva tusovka en la calle Gorkogo. Allá venden bebidas alcohólicas, y le mandamos a servir un trago de vodka a todos los presentes con el dinero que le dio el padre al Gitano a espaldas de la madre.

Todos beben a nuestra salud. «¡Gorko!», grita alguien como en una boda cualquiera y nos besamos bajo los aplausos.

En casa de Estrellita, una hippie fascinante de cabeza enorme sobre un cuerpo deformado, nos tienen preparada la fiesta. Ponen música hippie: The bond, The mamas and the papas, Bob Dylan y, por supuesto, The Beatles. Hay enormes cantidades de hierba, polvo, pastillas, y hasta algunas ámpulas de un valioso líquido que Estrellita nos inyecta en vena como regalo de bodas.

Mi cerebro sufre una explosión, los colores a mi alrededor cobran sus matices reales, la intensidad original. De pronto siento amor exuberante por el mundo entero, una alegría incontrolable. Bailo y canto y beso al que se me atraviese y río sin contenerme. Los sonidos me llegan nítidos, como en estéreo, y puedo voluntariamente controlarlos: subir y bajar el volumen, incorporar o quitar instrumentos. También soy dueña de mi cuerpo, descubro que bailo genial e invento muchísimos compases nuevos.

Pero pronto llega la segunda fase del efecto, superior a la primera; me tiro en el piso sin poder moverme, estoy en el Astral. Me inunda la paz, la tranquila felicidad inquebrantable, la consciencia de estar viva. A mi lado se encuentra el Gitano. Hago un esfuerzo, le tomo la mano y siento sus dedos apretar débilmente los míos. Esto es el kaif.

38.

Después de dos meses de andar con el Gitano de vpiska en vpiska, de templar con él en todo tipo de rincones sobre superficies de dudosas texturas, de alimentarse de cualquier porquería e ingerir los más variados estupefacientes, Alia descubrió de repente que la vida matrimonial no era más que una torpe variación de la vida a solas con el agravante de tener que depender en todo de una voluntad ajena y muchas veces incompatible con la suya. El roce ininterrumpido con el Gitano había menguado considerablemente sus sentimientos sublimes y comenzaban a salir a la luz una serie de detalles ridículos y sumamente desagradables.

El Gitano tenía los dientes sucios.

El Gitano se comía los pellejitos de los dedos, las postillas y las lagañas.

El Gitano la dejaba a medio templar para escribir poesía.

El Gitano en vez de decir «te quiero», decía «tú me gustas mucho».

El Gitano se masturbaba en el baño oliendo su blúmer.

El Gitano lloraba en sueños.

El Gitano no sabía poner un bombillo ni armar un pito de marihuana.

El Gitano no se comía la parte mordisqueada de las sobras.

El Gitano le tenía miedo a la policía.

La lista seguía y seguía. Alia lo miraba largamente cuando él dormía a su lado y se preguntaba qué estaba haciendo en ese lugar con ese tipo. Pero no encontraba la respuesta. No la encontraba.

39.

Caminan por la calle Spasskaya en dirección de Krásniye Vorota, donde han conseguido una vpiska para los dos solos por toda una semana, cuando los detiene un grito:

—¡Alto! ¿Adónde van?

Se ven rodeados de pronto por cinco muchachos musculosos con cadenas en las manos. Son los «liúbery», un grupo de jóvenes que viven en los alrededores de Moscú y viajan de vez en cuando a la capital en pandilla para repartir golpes entre los hippies, los punks, los metalistas y demás «raros». Se les reconoce por la forma tradicional de vestir y su agresiva manera de comportarse.

—La muchacha, que siga —dice uno de ellos, por lo visto el cabecilla—. Tú, quédate —señala al Gitano.

Alia no se mueve.

—Vete —le dice el Gitano—. No te preocupes.

Ella permanece en el mismo lugar. Sabe que es absurdo pensar que podrá ayudar en algo, pero prefiere afrontar los hechos.

—Vete —insiste el «liúber»—, no va a pasar nada. Sólo queremos hablar con él. Serán unos minutos.

—Hablen delante de mí. Estamos casados y no tenemos secretos —Alia descubre que tiene voz, aunque, como siempre en casos como este, le parece ajena.

Entonces de repente recibe un golpe en el plexo solar que le saca todo el aire y la dobla en dos. Se percata de que al Gitano le están pegando con todo, hace un esfuerzo por enderezarse respirando dolorosamente por la boca, y le va arriba a uno que le queda de espaldas. Este se vuelve y le mete un cadenazo por la cabeza. Alia cae y mientras cae, ve al Gitano en el suelo que está siendo pateado. «¡Déjenlo ya, animales!», cree gritar. «¡Lo van a matar!». Como si le hicieran caso, ellos deciden de pronto que es suficiente, y se alejan muy animados.

El Gitano llora mientras Alia le cura las heridas. Tiene los ojos cerrados de la hinchazón, la boca desbaratada, infinidad de verdugones sangrientos por todo el cuerpo y heridas bastante profundas, aunque nada de huesos rotos. Llora finitico, y de su nariz salen mocos y sangre. Alia sólo tiene la cabeza partida, se la ha vendado más o menos y parece haber dejado de sangrar tanto. Se siente un poco débil, pero el dolor le resulta soportable. Además, no se atreve a aparecerse en el médico sin el dichoso registro de dirección moscovita: podrían expulsarla de la ciudad por estar viviendo ilegalmente.

El botiquín de la casa prestada está bien surtido. Obliga al Gitano a tomarse un antibiótico y un calmante, se toma lo mismo y se propone dormir. «Nosotros, los hippies, sanamos como perros», dice sin el menor convencimiento. El Gitano llora y llora, como un niño de brazos. Debe dolerle mucho.

Por la madrugada Alia se llena de valor y marca el teléfono de sus suegros. Le explica como puede lo sucedido a la bailarina, que la insulta colérica, pero finalmente promete ir a buscar a su hijo.

—Disculpa —le dice Alia al Gitano—, me tengo que ir. Tu madre te llevará al médico, y espero que te cuide bien. Cuando te mejores, búscame en la tusovka…

39.

Aquella noche me aparecí en casa de Alexey, el único tipo al que se me ocurrió acudir a esa hora y con esa facha. Me abrió en calzoncillos frotándose los ojos.

—Dame cinco rublos —le dije—. Tengo un taxi esperando allá abajo por el dinero.

Cuando volví a subir, ya estaba llenando la bañera.

—Siéntate —señaló la banqueta del baño y comenzó a quitar el vendaje de mi cabeza.

Lavó la sangre, afeitó un poco de pelo y curó la herida mejor de lo que yo misma hubiera podido hacerlo, supongo. Pegó un pedazo de esparadrapo, luego me mandó a bañarme.

—Apestas.

Mas tarde, limpia, perfumada, vestida con la familiar bata de felpa, comí papas fritas, pepinos encurtidos, huevos, jamón, pan y leche. Parecía que nunca llegaría a saciarme. Alexey me miraba comer fumándose un cigarro tras otro.

—Ahora cuenta —dijo cuando terminé de raspar el plato.

—Tengo mucho sueño…

—Podrás dormir mañana todo lo que quieras.

A mi manera atropellada le hice un resumen de los últimos sucesos. Me miraba con rostro impenetrable.

—¿Y qué piensas hacer? —preguntó cuando acabé.

—¿En qué sentido?

—Eras estúpida —respondió— y te has vuelto más estúpida… Vete a dormir. El sofá de la biblioteca es tuyo.

Estuve en casa de Alexey una semana sin dejar de ir a la tusovka ni un día. Me sentaba en mi mesa habitual, bebía un par de tragos, dibujaba figuras en la pared con saliva, esperaba recibir noticias del Gitano. No recibía ninguna y me marchaba.

Alexey me trataba con mucha dulzura (sin tener en cuenta sus aplastantes injurias, que formaban parte de la rutina), pero me tenía extrañada el hecho de que nunca intentara acostarse conmigo. Todos los días se aparecía en su casa una mujer diferente que escapaba en la mañana para no regresar.

Al fin llegó la noche en que no vino ninguna y, a la hora de acostarnos, yo me metí desnuda en su cama. Alexey estaba en el baño. Cuando salió, no dio ninguna señal de percibir el cambio, se acostó a mi lado, de espaldas hacia mí, marcó un número de teléfono, y comenzó una especie de juego erótico a distancia con una tal Natasha. Unos minutos más tarde, me levanté indignada y me fui al cuarto contiguo. Algo funcionaba mal en mi conjunto de poderes, y no sabía qué.

Por la mañana me fui para la tusovka sin despedirme. No pretendía volver, no quería ver a Alexey más nunca en mi vida.

Era una mala racha. Llegando al Palomar, alguien me dijo que el Gitano estaba viviendo con Estrellita. Tuve el coraje de llamarla y pedir hablar con él. Colgué al escuchar su voz, ¿qué le podía decir?

40.

Alia entra en el Palomar con pasos acostumbrados, hace una mueca de disgusto al ver ocupada por el Gitano su mesita habitual, se sienta con el grupo del Lobo y pide lo de siempre. El Lobo mira el espacio.

El Lobo y los demás están sacando el coeficiente bioenergético del Jimagua.

—Enanitos y zanahorias verdes —afirma Mara, la de los ojos distintos.

—El lío está en la plancha —le contesta el Jimagua y se da un sorbo de lo de siempre.

Llegan los otros, traen medicina. Alia se toma una para entrar en caja, pide otra ronda y otra.

—Zanahorias y enanitos verdes —decide Mara.

—Acuérdate de la plancha —le aconseja el Jimagua.

El Gitano se va y Alia se traslada a su mesa para dibujar con saliva en la pared.

—Soy John Lennon —dice el Lobo y se sienta a su lado.

—Desaparécete.

—Mara se acuesta con el Jimagua.

—Búscate otra.

—Nadie me es al kaif.

—Piérdete, me voy al Astral.

—Mara se acuesta con el Jimagua.

—Haz de tercero.

—No se me ocurrió. ¿Quieres otra rueda?

—Dale.

El Lobo vira con las pastillas.

—Soy John Lennon. No tengo cama para esta noche.

Alia lo observa desde su lejanía.

—Eres un pepino.

—Me conformo con un catre.

—¿Quieres bailar?

—Aunque sea un rinconcito al lado del refrigerador.

—Ese es el mío, padre. Chao.

Cuando pasa junto al Jimagua, este le recuerda:

—No te olvides de la plancha.

Alia camina por el bulevar. La gente la roza, la empuja y eso no es desagradable. De pronto ve las cosas como son y empieza a reír. No puede seguir de pie, y se acuesta a reír en la hierba. Alguien piensa que se siente mal e intenta socorrerla. Eso le da más risa. Nadie más la molesta y logra calmarse.

Anda mucho rato por las calles, lo del rinconcito al lado del refrigerador es mentira, por supuesto. Revisa la larga lista de teléfonos hasta comprender que no tiene adonde ir. Vuelve a reír al pensar que no queda otro remedio que regresar al Palomar.

Está vacío, casi. El Lobo, mirando al espacio, el cojo Pochi con su gente, Estrellita, Pae.

Va directo hacia su mesa, a ver quién más llega. Pide café para variar. Estrellita la invita con ellos, pero todo el mundo sabe que Pae tiene gonorrea. Se van.

Pinta con saliva una casa en la pared. También pinta un manzano, un perro y un gato. Los de Pochi la llaman, haciendo muecas. Son cinco. «Demasiados», piensa Alia diciéndoles adiós con la mano. De todas formas sabe dónde buscarlos.

El Lobo sigue mirando el espacio.

Vuelve el Gitano, se le acerca.

—Estás sola —dice.

—Porque me gusta.

—Yo también estoy solo.

—Felicidades.

—Mi pelo se enrolla en la nariz ocho veces.

—Te creció.

—Lo de Estrellita se acabó.

—La vi con Pae.

—Pae tiene gonorrea.

—Que use preservativos.

—Tengo tu blúmer en el bolsillo.

—Bótalo.

—Yo te lo quiero poner. Lo de Estrellita se acabó.

—Lo de nosotros también.

—¿Quieres fumar?

Alia quiere fumar. No hay en el mundo nada que ella quiera tanto como fumar. También quiere comer y acostarse en una cama, pero el Gitano es peligroso, el Gitano escribe poesía.

—Eres un vampiro.

—Jódete —contesta él ofendido—. Cuando estés vlom, no cuentes conmigo.

—¡Gran cosa! —balbucea Alia moviéndose a la mesa del Lobo. Por segunda vez en el día le quitan su lugar. Se queda con ganas de pintar en la pared.

El Lobo mira el espacio.

—Tremendo día —dice Alia y ríe—. Creo que estoy embarcada, ¿sabes? Es la primera vez que no tengo a quién llamar. Ahorita cierran.

Lo mira buscando sus ojos, pero tropieza con el vacío.

—Tú estás bien, ¿eh? Ojalá yo estuviera así. ¿Sabes dónde quisiera estar? En Australia… ¿Tú conoces la canción…? ¿Cómo dice…?

Balbucea algo ininteligible. Y luego:

—Lobo, Lobito, ¿dónde está tu Caperucita? ¡Se perdió en el bosque! —ríe largamente.

Tras una pausa sigue, algo triste:

—¿A dónde vamos a ir? Esta noche, tú y yo… ¡Tralalalalá! —se burla de sí misma—. ¡Pero dime algo, padre! Tenemos que irnos, van a cerrar, llévame a algún lugar, ¡anda! Podemos pasear y pensar que no tenemos sueño…

El Gitano se le vuelve a acercar.

—¿Te quedas con este…?

—Ahora lo quiero a él —Alia le pasa la mano por el cuello al Lobo y se estremece.

El Lobo lentamente resbala para el piso.

El Gitano le grita a los demás que se acerquen. Alia lo saca halándolo del brazo. En el bulevar los temblores estallan en risa.

—¡Yo le estaba hablando! ¡Le conté lo de Australia! ¡Y él…! —no podía con las carcajadas.

El Gitano la mira con horror.

—¿A dónde vamos esta noche? ¡Ja-ja-já! ¡Tú y yo! ¡Ja-ja-já…!

El Gitano le da por la cara. Con sus finísimos dedos doblados en puño. Alia lo mira extrañada y para de reír. Dice, sin poder dominar la boca que se tuerce para todos lados a la vez:

—¿Qué tú quieres, que llore? ¡Pues no voy a llorar! ¡Todo me da igual, todo!

41.

Ando dando vueltas en la ruta Koltsevaya del metro. Es lo mejor que se ha inventado para la gente con sueño, aparte de los cines, pero los cines son más caros. No tengo adónde ir. Eso se ha convertido en el leitmotiv de mi vida: no-tengo-adónde-ir-no-tengo... De lejos veo montarse a un hippie joven, me saluda con la «V», le respondo y sigo intentando dormir. Él se para frente a mí. «Vengo de la tusovka en el Arbat», anuncia. «Está al kaif». No le contesto. Acabo de enterarme que en el Arbat hay una tusovka. Pensé que lo que había ahí era una aglomeración de vendedores, artistas y locos; todas las rarezas imaginables metidas entre apenas unas cuadras y demasiada gente. «¿No tienes vpiska?», me pregunta. Me va a hacer reír. «Estoy vlom», anuncio cortante. «Anota un teléfono. Es de una tipa de lo más rara, pero vive sola». Levanto los ojos sorprendida, saco del bolsito que llevo en el cuello mi agenda y el bolígrafo. «Se llama Ofelia. Bueno, no sé cómo se llama, pero le dicen Ofelia. Si te responde, puede que tengas suerte...». Apunto el teléfono, le regalo una feñka al «pionero» y me bajo del tren para inmediatamente probar suerte con la nueva vpiska.

Cuando abre la puerta, quedo impresionada: tiene cara de loca, el pelo alborotado y está desnuda bajo un gran chal tejido.
—Te estuve esperando —dice, y su suave tono cuerdo me tranquiliza un poco—. Pasa.
Paso. La casa es un pequeño apartamento con decoración heterogénea. En las paredes cuelgan iconos rusos, máscaras de deidades africanas, dibujos del Ying y el Yan, símbolos esotéricos; varios Budas sonríen en los estantes, entre libros de

encuadernación antigua, trozos de cuarzo, imanes, copas con agua y velas.

Ofelia me conduce directo hacia el baño.

—Hay que limpiarte —anuncia—. Tienes todas las energías alborotadas. Dame las ropas para botarlas, báñate, y cuando acabes, úntate esto —me extiende una botella de vinagre de manzana.

Me quito la ropa torpemente. Abro la pila para llenar la bañera.

—¡No, no, no! —exclama Ofelia—. Nada de agua estancada. Usa la ducha.

—¿Tienes jabón? —pregunto con voz desfallecida.

—Olvídate del jabón. No utilices la química cuando necesitas la pureza.

No veo toallas por ningún lado. Y, por lo que puedo deducir, tampoco habrá ropas. En lo último, por suerte, me equivoco: Ofelia trae un batón de grueso lino blanco y descubro que se ha cambiado el chal por otro batón igual.

Salgo del baño intensamente perfumada con el vinagre.

—Pareces otra persona —dice—. Siéntate a tomar té.

Miro con dudas el líquido mustio de la taza. Lo pruebo con cuidado. No sabe a nada, ni siquiera tiene azúcar, pero por lo menos está caliente.

—Es un té de cultivo especial que sólo se consume en el Vaticano. Lo entran a Rusia de contrabando unos amigos míos muy cristianos. Ya me queda poco… —explica ella y cambia de tono—. ¿Y tú? Háblame de ti, ¿qué signo eres? ¿Qué fe profesas? ¿De dónde vienes?

Trago en seco.

—Soy Piscis… —respondo lentamente—. Estuve un tiempo yendo a la iglesia católica…

—Piscis es un buen signo, muy místico… Pero a partir de ahora sólo vas a servir al Supremo Absoluto.

No digo nada, me quedo literalmente sin palabras. Suena el teléfono, pero ella lo ignora. Es realmente muy selectiva a la hora de contestar al teléfono o abrir la puerta. Cuando la llamé desde el metro, contó que llevaba diez días sin contestarle a nadie. Sólo lo hace cuando verdaderamente la llamada es trascendental. No sé cómo se entera sin responder. El timbre suena un rato bastante largo. Ella sigue hablando cómo si nada.

—La pureza es la fuerza para salir del dilema de este mundo desorientado. Nunca hay nacimiento ni muerte para el alma, mas sí personas con almas aletargadas. Eres una de ellas, pero estás de suerte: Dios me ha puesto en tu camino para ser tu guía espiritual…

—Entonces, ¿me puedo quedar en tu casa? —hago la pregunta esencial que viene dándome vueltas en la cabeza desde el principio.

—¡Por supuesto! Siempre y cuando hagas exactamente lo que yo te indique con fines de lograr la armonía universal…

41.

Cumplir con los requisitos de la vpiska en casa de Ofelia era una tarea poco ordinaria.

Al despertarnos, teníamos que meditar, o sea, estar un rato bastante largo sentadas con las piernas cruzadas y los ojos cerrados. «Tienes que imaginar que te estás mirando desde arriba», explicaba mi guía espiritual. «Primero te ves sentada dentro del cuarto, subes un poco y ves toda la casa, sigues subiendo y ves el edificio, el barrio, la ciudad, hasta que te alejas como para ver la Tierra y los otros planetas del sistema solar y más allá, si puedes… Luego bajas despacio por la misma ruta…».

Después de eso, Ofelia preparaba el desayuno. Lo único que comíamos era avena hervida con agua, sazonada con salsa de soya y rociada con unas gotas de aceite vegetal. A veces teníamos postre: manzanas horneadas. Y por supuesto, el té pontificio traído de contrabando. Nada de sal, nada de azúcar, nada de pan, válganos Dios de comer carne o huevos, leche, mantequilla, papas o conservas. En casos exclusivos se podía sustituir la avena por el arroz u otro cereal. Y las manzanas por peras.

Al desayunar, hacíamos un reposo de media hora. Conversábamos de temas «mundanos», ella me hablaba en español, que había estudiado en el Instituto de Lenguas Extranjeras. «¿Me entiendes?», preguntaba. No la entendía. «¡Tienes que recordarlo!», se enfurecía. «¡Libera el subconsciente! ¡Deja fluir a través de tu mente la energía cósmica!». Yo hacía un gran esfuerzo por dejar fluir la energía, pero seguía sin reconocer ni una palabra.

Más tarde practicábamos tai-chi. Yo debía imitar exactamente sus movimientos parsimoniosos hasta el infinito. Se suponía que eso me trajera una gran paz interna, pero en realidad la lentitud de los ejercicios y su redundancia me alteraban llegando a desesperarme. Me dolían las rodillas por mantenerlas mucho tiempo flexionadas, y me mareaba la musiquita que Ofelia ponía de fondo (que ella llamaba sinfonía trascendental, y que no era más que un muelle repitiendo la misma nota).

A continuación de esa tortura china, llegaba la hora de «autorrealización». Ofelia estaba estudiando sánscrito para traducir unos manuscritos originales de los Vedas que tenía en su poder. A mí me tocaba hacer las tareas domésticas, ya que no me sentía preparada como para otra cosa más creativa. Ella me tildaba de cerrada, y repetía interminablemente que saliera de la cárcel espiritual que me había fabricado, aunque a medida que pasaban los días me parecía que era Ofelia la que vivía enclaustrada en una prisión.

Por la tarde volvíamos a comer avena con salsa china, volvíamos a reposar otra media hora, y luego ella me daba conferencias sobre el misticismo, su historia universal, las magias blanca y negra, las religiones, la energía, los demonios y la parapsicología. Me bombardeaba con tanta información caótica y contradictoria que yo no lograba discernir, procesar ni retener absolutamente nada.

Orábamos al anochecer a la luz de las velas. Me tuve que aprender unos salmos ortodoxos que cantábamos con una melodía indefinida para «experimentar el despertar del amor puro por Dios». También rezábamos el Padre Nuestro y el Mahamantra.

Durante el día entero bebíamos enormes cantidades de agua purificada con los rayos lunares en los pomos que Ofelia sacaba todas las noches para el balcón. A cada rato teníamos que frotarnos las manos con vinagre de manzana para limpiarlas de auras negativas.

Antes de dormir, le sacábamos por turno sonidos discordantes a una flauta de madera para llamar a los seres de luz que supuestamente protegerían nuestro sueño. Dormíamos sobre esteras, absolutamente desnudas, y sin taparnos para mayor pureza (cosa que me fastidiaba por el frío que pasaba por las noches), y acostadas siempre con las cabezas orientadas hacia el oeste, evitando la receptividad a los espíritus satánicos que podrían atraer pesadillas.

42.

Como a las tres semanas de estar viviendo enclaustrada, sin ver a otro humano que no fuera Ofelia, Alia estaba desesperada por salir, aunque fuese a dar una vuelta, caminar, rozarse con la gente, con el mundo exterior, respirar un poco de aire.

–El aire de allá fuera está contaminado –le informó Ofelia cortante–. Además, hoy tendremos visita.

«¿Cómo lo sabes?», quiso preguntarle Alia, pero no valía la pena. Lo sabía y punto, a pesar de que en los últimos días no se había atendido ninguna llamada, ni se le había abierto la puerta absolutamente a nadie, aun cuando el teléfono no paraba de sonar y a menudo alguien tocaba el timbre de la entrada.

Esa mañana Ofelia se levantó limpiando y ordenando. Prendió varitas de incienso, regó sal por las esquinas, movió los muebles para hacer circular las irradiaciones estancadas y puso desde temprano el casete con la sinfonía trascendental del muelle.

Sobre el mediodía comenzaron a llegar los visitantes. La primera fue una mujer vestida completamente de negro, que dijo llamarse Rusaline. Era de Peter, se anunció como gitana y bruja, trajo varios paquetes con avena. Detrás vinieron dos videntes de Arjángelsk, vestidos ambos con camisas tradicionales, y hablando en un ruso arcaico. Le regalaron a Ofelia otro icono original para su colección y un bolso de manzanas. Les seguía una astróloga de Alma-Atá que traía semillas de sésamo, dátiles y una pequeña pirámide amarilla con grandes poderes energéticos. Luego, casi a la vez, aparecieron varios krishnaítas vestidos de blanco y rosado, con las cabezas rapadas, un anciano extrasenso, un grupo de indigenistas castanedistas, una pareja de yoguis y un montón de hippies, todos de diferentes lugares del país con diversos regalos.

Prepararon un verdadero banquete vegetariano, lo sirvieron sobre el mantel tendido en el piso, se sentaron alrededor y se pusieron a meditar. Primero meditaron con los ojos cerrados, cada cual para sí, luego se pararon en varias filas y meditaron bailando y cantando un mantra, repitiendo las mismas tres o cuatro palabras más y más alto. Unos bailaban moviendo apenas los pies en el lugar, otros extendían las manos hacia arriba y se mecían de lado a lado. Cuando acabaron, volvieron alrededor del mantel y comenzaron a comer.

Alia participó en todo con la mayor naturalidad del mundo, pero sentía un frescor de menta en el cerebro, indicador de que internamente se encontraba cercana a su umbral de tolerancia. Tenía decidido que su estancia en casa de Ofelia no pasaría de ese día. No resistía más.

Observaba con atención a los invitados; alguno tenía que sacarla de ahí. Su selección cayó en un hippie de rostro barbudo e inteligente. Se sentó a su lado, y sin rodeos le preguntó si tenía vpiska para ella. El hippie sonrió asintiendo con la cabeza. Dijo llamarse Snus, y anunció que vivía con su perro en la avenida Mira. «¡Perfecto!», exclamó Alia. No se separó de su lado hasta la hora en que todos comenzaron a recoger, y entonces aprovechó la confusión para escapar arrastrando a Snus del brazo; temía que Ofelia la hipnotizara o algo por el estilo, y no poder salir jamás de su maldita casa.

43.

—Este es Dog —me presenta Snus a su perro—. Dog, saluda a la muchacha.

Dog gruñe y enseña los dientes. Es un gran danés del tamaño de un elefante con colmillos afilados.

—Es muy tierno —comenta Snus—. Tiene cinco años y es virgen.

Sonrío tratando de mostrarme amable. Me siento en el sofá e intento no hacer movimientos inútiles. Estoy verdaderamente impresionada por el perro. Snus trae té (negro, con azúcar) y cuenta algo de su vida. Ha intentado pasar la frontera dos veces, y ha estado dos veces en hospitales psiquiátricos por eso. Le gusta bañarse en invierno en los hoyos de hielo de los ríos. Explica que hay que meterse con cabeza y todo en el agua helada, porque de lo contrario te enfermas. Cuenta que no cree en el amor entre un hombre y una mujer, pero no puede vivir sin el sexo. En ese momento, sin más preámbulos, comienza a besarme apasionadamente. Lo curioso del caso es que el perro hace más o menos lo mismo que el dueño. Mientras uno me lame por la derecha, el otro lo hace por la izquierda. Me encuentro a punto de gritar del pánico. Reúno todas mis fuerzas para controlarme y pedirle delicadamente que me quite a su perro de encima.

—¿Tienes algo en contra de los perros? —Snus parece ofendido.

—No es eso…

—Si no te gusta mi perro, me lo dices y ya…

—Tu perro me parece maravilloso, simplemente…

—¡Ven acá, Dog! —me interrumpe Snus, se separa de mí y abraza a Dog con gesto afligido—. Nadie nos quiere —le dice—. Nadie nos comprende…

En realidad me encuentro cansada, muy cansada. Al principio tenía deseos de estar con Snus, fueron muchos días de abstinencia, pero ya ni eso, sólo quisiera dormir.

—¿Crees que podamos dormir? —le pregunto en mi tono más dulce.

—¡Duerme! —se levanta.

Se marcha para la otra habitación seguido por Dog, apagando la luz al salir. Me acurruco en el sofá y me duermo enseguida, aunque no por mucho tiempo. Me despiertan sus manos recorriendo mi cuerpo, su boca húmeda. Entre el sueño y la vigilia hago el amor con Snus al son de los desesperados arañazos que le da su perro a la puerta del cuarto contiguo.

Por la mañana me duele la cabeza. Me paro a mirar por la ventana la calle mojada. Es otoño, los árboles están desnudos y todo allá afuera es mustio y deprimente. Salgo al balcón para sentir el aire gélido y el triste olor a niebla. Mi mirada cae sobre la tendedera que cuelga en el enrejado. Desamarro ambas puntas de la soga con la vaga idea del suicidio. Nada tiene sentido. Estoy mortalmente cansada de todo, y en primer lugar de mí misma. Pero no me puedo estrangular en casa de Snus, no puedo hacerle eso. Ni él ni su tierno perro lo merecen.

Escucho los arañazos de Dog en la puerta del otro cuarto y, antes de que salga el dueño, me marcho para la calle llevándome la soga en un bolsillo.

44.

De pronto me entraron unas ganas enormes de ver personas, muchas personas, de sentirlos cerca, que me empujaran, me rozaran, crearme la ilusión de cercanía, de pertenencia; estar entre otros individuos, como gesto desesperado de desamparo extremo, antes de llevar a cabo la determinación que iba cobrando forma en mi cabeza.

Me fui para el Arbat, el lugar ideal por la afluencia inmoderada de gentío, un verdadero hormiguero humano. La calle de Arbat (un bulevar, en realidad, sólo para peatones) se había convertido en una feria extraordinaria, donde los pintores sentados delante de caballetes en los bordes de la acera vendían su obra, poetas bajo los árboles con sus cuadernos mecanografiados colgados de las ramas intentaban vender poesía, artesanos de toda clase exhibían sus artículos, grupos de teatro hacían presentaciones, adivinadores del futuro, bailarines, saltimbanquis, predicadores y traficantes se buscaban la vida entre todo tipo de pintorescos personajes de los diversos grupos que brotaban si cesar en el país (punks, metalistas, rockeros, hinduístas, socialdemócratas, testigos de Jehová, hippies, anarquistas, trovadores, etcétera, etcétera), entre cafetines privados, entre reporteros extranjeros, entre turistas y simples mortales.

Estuve mucho tiempo tratando de moverme desde una punta del Arbat hacia la otra metida en la muchedumbre, y en mi cabeza sonaba la canción de Okudzhava: «Ah, Arbat, mi Arbat, tu eres mi reliquia, nunca hasta el final se te puede recorrer...». En realidad no esperaba nada, ni tenía deseos de relacionarme con nadie de otra manera que no fuera indirectamente, y por eso evité la tusovka.

De pronto mi mirada cayó sobre un rótulo caprichoso que releí varias veces antes de comprender el sentido: «Psicoanalista. Doy consejos para todos los problemas de la vida». No necesitaba consejo, mis problemas no tenían solución; por eso quizá fue que me acerqué a mirar al tal psicoanalista, me resultaba curioso plantearle un dilema insoluble.

Era un hombre de edad imprecisa, de pequeña estatura, con grandes bigotes y pelo entrecano que le colgaba en greñas desaliñadas y unos ojos negros, grandes y astutos.

Estaba conversando a media voz con una mujer que le miraba con fe ilimitada. No escuché sus palabras, pero era evidente que las cosas que decía causaban efecto. Esperé a que terminara con ella para acercarme y a grandes rasgos narré mi situación.

—No se vaya —respondió él, tratándome de Usted—. Yo la estuve esperando, sea mi hilito...

Dijo que debía trabajar un par de horas más, y luego me dedicaría todo su tiempo. Me senté en el borde de la acera a observarlo «trabajar». La gente se le acercaba hablando sin cesar y él los escuchaba con gran tolerancia. Luego le tocaba el turno de hablar y entonces era que se les prendía a todos sin excepción la luz de humildad en los ojos. Pagaban conformes y convencidos de que a partir de ese preciso instante sus vidas tomarían nuevos rumbos. Parecían corderos confiados fáciles de manejar. Era un buen trabajo eso de psicoanalista...

Se prendieron los faroles cuando el «psicoanalista» se me acercó y anunció que había acabado.

—Vamos a comer algo —propuso—. Seguro que no ha comido nada...

Tenía razón. A pesar de estar acostumbrada a pasar hambre al punto de no percibirla, sentía una fuerte debilidad cuando pasaba mucho tiempo sin alimentarme. Fuimos a una cafetería en el mismo Arbat y merendamos fuerte, y me di el gusto de comer perros calientes y beber leche con chocolate pensando con malicia en Ofelia y su vegetarianismo.

—Yo tampoco tengo donde ir —confesó el «psicoanalista»—, sólo soy un viejo enfermo payaso. Pero no se vaya, por favor, sea mi hilito —repitió la frasesita enigmática.

Yo no me pensaba ir. No tenía dónde. Le dije que no se preocupara.

—Duermo en la estación Kiyevskiy —dijo—. Podemos ir allá dentro de un rato, antes de que se ocupen todos los asientos de la sala de espera…

No me pareció una idea brillante. Propuse ir a la tusovka a ver si conseguíamos alguna vpiska. Tenía curiosidad por conversar con el «viejo enfermo payaso» antes de ejecutar mi sentencia.

En la tusovka no había nadie conocido, pero un hippie que se estaba buscando el dinero masticando cuchillas Neva (a rublo la cuchilla) nos contó que en la avenida Kalinina había un edificio deshabitado donde se podía pernoctar. Nos dirigimos hacia allá.

Mi acompañante cojeaba mucho del pie izquierdo. Pensé que se trataba de alguna lesión.

—¿No sabes quién es el que cojea del pie izquierdo? —preguntó sagaz.

Comprendí que se refería al diablo y me dio risa.

—¿No pretenderás que suponga que Satanás pase las noches en una terminal de trenes? —dije riendo.

—Cuidado —respondió—. Las apariencias engañan…

44.

Entraron al edificio y fueron guiándose en la oscuridad, encendiendo de vez en cuando algún fósforo para no tropezar con los ladrillos y escombros regados por doquier. Dieron con una escalera y comenzaron a subirla a tientas. En el primer piso avanzaron por el pasillo, atravesaron habitaciones revueltas hasta elegir una, de ventana grande con vista generosa a la ciudad.

Había un colchón roto tirado en el suelo y una mesa pegada a la ventana. El hombre se acostó sobre el colchón. Alia se encaramó en la mesa. Por la ventana entraba la luz roja de Moscú y los sonidos de la calle nocturna.

—En realidad —dijo él—, yo soy un asesino.

Alia balanceaba las piernas despreocupadamente.

—¿Me vas a matar? —preguntó.

—No —dijo él—, soy asesino a sueldo. Mato por dinero.

—¿Y cómo es que tú matas?

—Fácil —respondió—. Me fijo en la respiración de la víctima. Espero a que exhale el aire y le doy con todas mis fuerzas en el plexo solar con el índice. Con la otra mano le tapo la boca. Es una muerte rápida y segura.

—Me imagino —respondió Alia balanceando las piernas.

—Tengo un trabajo para mañana. Debo ir a Kazajstán.

—Qué rico. En Kazajstán hay melones…

—¿Quieres ir conmigo?

—¿Me llevarías?

Él le hizo un lado en el colchón.

—Ven…

Ella saltó de la mesa y se sentó permitiendo que él la acariciara suavemente.

—«Las verdes chispas de una risa loca rompieron el charco podrido del alma…»

«Poesía», comprendió ella. ¿Por qué todo el mundo mete la poesía donde quiera? ¿Qué es la poesía para la gente?

—¿Es tuyo? —preguntó cuando él calló.

—Claro. ¿Te gustó?

—Sí… —¿qué otra cosa podía responder?

—Escucha este…

Estuvo recitando poemas uno tras otro. Había algo siniestro en su voz y en la combinación de las palabras y al mismo tiempo daba la sensación de extravío. Alguien que confunde los colores como los daltónicos.

Con el último poema la abrazó violentamente y la tumbó sobre el colchón.

—Necesito acostarme contigo —dijo—. Me nutro de la energía sexual…

—Yo no me voy a acostar contigo.

Alia, no sabía por qué, de pronto tomó esa determinación, le llegó como si una ventana se le cerrara dentro.

—No me voy a acostar contigo —repitió sordamente—. No me voy a acostar contigo…

Él intentaba arrancarle la ropa y ella se escurría de sus manos con la agilidad de una serpiente.

—¿Por qué? —preguntó él al fin. Respiraba ruidosamente.

—Porque no quiero volver a hacerlo más. Con nadie. Estoy cansada.

—Tal vez es mejor que te suicides. Creo que es mejor. No tienes razón de ser. Estás vacía. Eres una muñeca rellena de aserrín. No sirves para nada…

—¿Crees que debo suicidarme?

—Sí, lo creo —sus ojos brillaban de rabia.

—¿No prefieres matarme?

—No, me das asco.

—Está bien —dijo Alia y se levantó—. Adiós.

Salió al corredor y comenzó a deambular hasta perderse en el laberinto de habitaciones y pasillos. Escuchó la voz del hombre llamándola y buscó, aterrada, una salida. De pronto le pareció que la iba a matar de verdad con la fácil y segura muerte de su oficio y comprendió que no quería morir, que, en realidad, nunca quiso morir.

Corrió sin rumbo, subió y bajó escaleras alumbrada por la luz lechosa del amanecer que ya se filtraba tras las ventanas, tropezando con toda clase de porquerías regadas por el suelo, hasta que se vio finalmente en la calle, libre.

La calle la recibió con el ritmo de su habitual agitación matutina. El tráfico todavía escaso, los lentos barrenderos, los peatones apurados por llegar al lugar más importante de sus vidas, las amas de casa que pasean a los perros, los corredores huyéndole a la vejez, todos en un movimiento simuladamente racional dejando traslucir una demencia generalizada.

Alia paró para reírse un poco, recostada en un poste. Un perrito pequeño orinó al otro lado del poste. El equilibrio perfecto.

Caminó hasta la tusovka, vacía a esa hora, se sentó a esperar. En algún momento llegaría alguien y la sacaría de ahí. La llevaría a su casa, le brindaría comida, baño, droga, e intentaría templársela. La sucesión rutinaria de su universo. Los otros tenían otro orden, pero el suyo no estaba mal. No tan mal. Podía ser peor.

Sonrió, recostó la cabeza a la pared, se envolvió mejor en el abrigo que había tomado de paso (para no sufrir demasiado del frío) en el recibidor de casa de Snus, y se durmió sonriendo.

45.

Por segunda vez en mi vida me despiertan del modo más dulce que he conocido: con una caricia en el pelo. Abro los ojos y sonrío al reconocer la cara preocupada de Mara. «Todo está al kaif», significa mi sonrisa. Hay otros hippies alrededor, el Arbat está bastante animado, como para dar a entender que el día ha avanzado y la vida sigue.

—¿No tienes vpiska? —pregunta Mara.

Muevo la cabeza en gesto de negación sin parar de sonreír.

—Conozco una casa donde te puedes quedar. En Odintsovo, a veinte minutos de Moscú. Puedo llevarte, si quieres.

—Gracias —digo.

Hubiera querido decirle muchas más cosas, pero no sé cómo hacerlo. Sólo puedo sonreír a su cara gentil con esos ojos distintos que han visto muchas cosas duras y sin embargo siguen irradiando calma.

Tomamos el tren y media hora más tarde tocamos en la puerta del apartamento de sus amigas. Son dos hermanas, según me cuenta Mara. La menor es hippie, la otra enfermera, trabaja en un hospital y consigue cantidad de medicina para la primera.

Nos abre Dunia, la mayor.

—Pasen —dice y nos guía hacia la cocina.

En la cocina están preparando galleticas o algo así. Hay harina esparcida dondequiera.

—¡A buena hora! —exclama Ira, la hermana menor—. ¡A trabajar!

Están haciendo artesanías de masa de cerámica que es la harina mezclada con sal fina y agua. Después de horneada, se pone dura como el barro cocido, hasta suena igual. Es una receta secreta y antigua que consiguieron con un amigo suyo chamán. Miro las figuras torpes que modelan, tomo un trozo de masa y me siento a la mesa.

Todavía recuerdo algo de las clases de escultura de la escuela de artes plásticas. Hago animalitos y bichos y figuras graciosas. Las hermanas han dejado lo suyo para verme trabajar. Modelo montones de cosas que ellas meten y sacan del horno, lleno la mesa, no puedo parar.

—¿Quieres té? —me preguntan solícitas.

—Fúmate un cigarro —dicen.

—¿Te gustan las papitas fritas? Tenemos papitas fritas…

—¿Te vas a quedar con nosotras?

—¿Quieres oír música?

—No se preocupen, gracias… —les respondo sin parar de mover la mezcla entre los dedos.

—¿De dónde la sacaste? —le preguntan a Mara, que sí bebe té y fuma y come papitas fritas y pide que le pongan Acuarium o Kinó o Nautilus Pompilus, y cuenta que soy sólo una hippie.

45.

La vida me regalaba por fin un espacio luminoso en medio de desconciertos. De repente me sentí útil, tenía un don que me colocaba en posición aventajada, me rodeaban personas que creían en mí, me querían y respetaban por saber modelar figurillas simpáticas, pintarlas luego hábilmente y venderlas en el Arbat con la gracia de una negociante experimentada. Ya no era más la estúpida que vegetaba sin objetivo. Tenía la virtud de conseguir cigarros, comida y dinero mediante mis propios esfuerzos y talentos. Me sentía plena. Me sentía feliz.

Al principio sólo éramos Dunia, Ira y yo, luego con nosotras se alojó una compañera de trabajo de Dunia con su bebé de meses, que había abandonado al marido; más tarde llegaron (para quedarse) un tipo que se anunció como el Mesías con su novia invisible, un flautista freudiano con el Elefante de Járkov, una muchacha epiléptica y redundantemente estúpida y por último el Chamán, que había revelado la milagrosa receta de la masa de cerámica, y el Poeta.

En realidad, el Chamán también era poeta; los dos estudiaban en la facultad de Poesía del Instituto Literario Gorki y se suponía que al terminar la carrera fueran escritores profesionales. El Chamán era un albino de ojos rosados que vivía en un sitio remoto de la Extrema Siberia, dónde, ciertamente, era aprendiz de chamán y tenía la tarea de recuperar y publicar la tradición oral de su etnia; nos traía carne de oso salada, hacía anécdotas sobre la gente de su tribu y bebía samogón (aguardiente destilado en casa) que conseguía baratísimo. El Poeta era de Kiev y desde su entrada los dos sentimos una gran atracción que nos convirtió en amantes. Era inteligente, sensible y apasionado.

Hablaba maravillas de su ciudad natal, contaba que en Kiev hay más de trescientas iglesias y en las fiestas religiosas todas suenan a la vez y la ciudad se eleva sobre el repiqueteo y naufraga y vuelve a elevarse y las personas son bienaventuradas y bellas. Cuando recitaba poesía en el sedoso idioma ucraniano yo lo veía elevarse y naufragar y volver a elevarse y me sentía también bienaventurada y bella.

El Mesías con una voz metálica me acusaba de romper intuiciones. Me odiaba sin una razón justa y decía que yo no era pareja para el Poeta, que soy nociva, que soy letal. Los demás me miraban sorprendidos, como si hubiesen descubierto de pronto un rótulo sobre mi frente anunciando que, en efecto, soy una tipa nefasta para todo el que se relacione conmigo. Yo me limitaba a encogerme de hombros sonriendo, a escuchar a Bach por las noches, a modelar y pintar mis muñecos. Iba al Arbat sola y con el Poeta sábado tras sábado, con una cesta llena de cerámica, vendía alegremente las piezas y regresaba con la cesta repleta de comida. También traía cigarros, hierba, y flores. Ponía las flores en botellas de cristal claro por toda la casa, me parecía que así la casa se cargaba de paz y armonía.

Aunque, al contrario, la casa sólo se cargaba de discordias.

El Chamán primero sedujo a Ira, se la templó en el baño, luego se templó en el mismo baño a la compañera de trabajo de Dunia, mientras Ira le cuidaba al bebé; el flautista freudiano le pegó los tarros al Elefante de Járkov con la epiléptica, El Elefante de Járkov, en venganza, sedujo al Mesías, y este le pegó los tarros a su novia invisible, al flautista le dio un arrebato de celos y por poco mata al Elefante, a la epiléptica le dio una crisis de epilepsia, Dunia lloraba sin parar porque a ella nadie la seducía y el Mesías me culpaba de todo a mí.

—Tú no eres de este mundo —me decía el Poeta—. Te tienes que ir, tú no perteneces aquí.

—¿A dónde pertenezco? —le preguntaba yo, pero en verdad «¿Quién soy? ¿De dónde soy?», me lo preguntaba a mí misma.

Un día fumamos demasiado y me dio por hablar demasiado y el Poeta tuvo que sacarme de ese lugar casi corriendo para protegerme de un estallido de histeria colectiva. Nos montamos en el tren y nos fuimos para Kiev.

45.

—Puedo ver mis reencarnaciones, ¡escuchen! Me están quemado en una hoguera… Me botan del clan, fuera de la cueva hace frío… Viajo por mar muchos días, tengo sed… Atravieso el desierto, tengo mucha sed… Otra vez la hoguera… Escucho sus gritos de odio, ¿qué les hice?… Me están enterrando viva, ¿no se dan cuenta de que estoy viva? Soy hombre, voy a caballo, estoy escapando de alguien, de algo… Un gran fuego, conozco ese lugar, una enorme piedra, soy la sacerdotisa… Estoy condenada… El fuego me acaricia, mas no daña, ¡soy eterna! Ahora puedo ver, los veo de verdad… Eres un farsante, Chamán. Eres una masa de gusanos. Gusanos blancos y rosados que forman tu cuerpo y tu mente, moviéndose sin cesar… Y tú, Mesías: eres líquido. Un líquido negro, pegajoso. Tu novia hace mucho que se ahogó en tu fondo… Escúchame, Elefante: no volarás. Tienes los intestinos de plomo, pesan más que tu cabeza, por eso cuelgas patas arriba…

—¡Cállate! –dice el Poeta.

—Tú, en cambio, deberías alimentarte de piedras, Ira. Te estás evaporando con cada segundo, pronto no quedará nada…

—¡Cállate! –repite el Poeta.

—¿Qué quieres que te diga? ¿O qué temes que diga? No te preocupes, tu castigo es limitado, tener epilepsia es poca cosa para un agujero negro, tú lo sabes…

—¡Cállate! –grita el Poeta.

—No llores, Dunia, pronto nacerás, dentro de dos o tres vidas…

—¡Cállate! –el Poeta me hala del brazo, me levanta del suelo y comienza a arrastrarme hacia la salida.

—Y tú… ¿sabías que el bebé que tienes es un vampiro? Tendrás tres hijos más y el último no dejará ni rastro de la luz violeta que emanas…

—¡Cállate ya, cállate! —grita el Poeta corriendo conmigo por las escaleras.

—¿Tienes miedo a que te diga la verdad? De todas formas tendrás que escucharme…

—¡Tengo miedo a que te destrocen! ¿Tú les viste las caras? —el Poeta me obliga a correr tras él por la calle nocturna.

—Te lo diré con un poema tuyo, querido, tú mismo lo escribiste…

—¡Te iban a matar! ¿comprendes? ¡Te iban a matar! —grita el Poeta, mientras tira de mí a través del silencio y la oscuridad.

—«Un elemento no comprenderá al otro, pero se reflejarán los ángeles en el agua…» —concluyo, y caigo sin fuerzas sobre la nieve.

46.

En Kiev el Poeta me regaló el crisantemo. Al bajar del tren, lo primero que hizo fue comprar un crisantemo para mí. El crisantemo era blanco, enorme y amargo. Yo lo llevaba con ambas manos, y de vez en cuando metía en el crisantemo la cara.

Había pasado todo el viaje durmiendo. Más de diez horas. Ahora me sentía llena de energías; había sido un despertar maravilloso: me acosté en Moscú, en medio de una oscuridad palúdica, y me levanté en Kiev, con la frescura de un crisantemo entre las manos.

Fuimos directo para casa de Natalia, la mujer que lo había criado. Lo había recogido de la calle y lo había puesto a escribir poesía. El Poeta, según sus propias palabras, era lo que era gracias a ella.

Natalia nos abrió la puerta aguantándose sobre las mejillas varias rodajas de pepino. Al vernos, se soltó la cara y se tiró al cuello del Poeta. Una rodaja le quedó colgando cerca de la oreja.

—Esta es la niña Alia de Moscú —me presentó él.

Le sonreí a Natalia con toda la amabilidad del mundo.

—Tiene un pepino colgando al lado de la oreja —le informé sonriendo.

Creo que fue justo a partir de ese momento que Natalia comenzó a odiarme.

Llamaron a los amigos para celebrar nuestra llegada y también a la mujer del Poeta. Me acababa de enterar de que el Poeta tenía una mujer. Llegó enseguida, trajo una caja de bombones, se sentó a conversar en con él en el sofá apretándole las manos con las suyas. A mí no me hizo ni el menor caso.

Me fui para la cocina a ayudar a preparar el té. Natalia contó que la mujer del Poeta era una muchacha muy fina que tocaba el piano y dirigía un coro de música folclórica, que era extremadamente inteligente y culta, pero que en realidad esa no era la verdadera mujer del Poeta: la verdadera vive en Lvov con el hijo del Poeta, y también es muy fina, inteligente y culta, traduce de seis idiomas y da clases en la Universidad. «Eres una ratoncita gris», me dijo Natalia, «una pobre ratoncita...». Eché mucha azúcar en el té, mucha más de la necesaria y me senté a comer los bombones que había traído la mujer del Poeta. Cuando no pude más, repugnada de tanto dulce, me limité a morderles un pedacito a cada uno y escupirlo en el cenicero. Me dio por eso.

Más tarde llegaron los amigos del Poeta.

—Esta es la niña Alia de Moscú —me presentaba Natalia a los recién llegados.

Ellos me miraban con curiosidad, como si de verdad yo fuera una pobre ratoncita y se iban a conversar con el Poeta y su mujer. Yo los miraba desde una esquina del cuarto, hasta que vino de la escuela la hija de Natalia, una niña aproximadamente de diez años, y se sentó a mi lado.

—¿Tú estás enamorada de él? —me preguntó.

—Un poco... —dije sinceramente.

—¿Y te has acostado con él?

La miré un instante, confundida, pero finalmente preferí seguir siendo sincera.

—Sí, lo he hecho...

—Él es bueno, ¿no? —siguió indagando la niña.

—No está mal...

—Mi mamá luce muy joven, ¿cierto? —cambió de repente de tema.

—Luce menor de lo que es...

—Porque todo el tiempo usa cremas y mascarillas.

No creí que debiera responder nada.

—¿Sabes cuál es su crema favorita?

Callé, esperando la revelación.

—El esperma de los hombres. Le dicen Natalia barriga de terciopelo. Tiene una piel muy sedosa.

Seguí callada. Ella hizo una pausa. Se rascó la nariz y me miró directamente a los ojos.

—¿Y tú, te has untado el esperma del Poeta?

El Poeta en ese momento le acariciaba un seno a su mujer por debajo de la blusa.

—No —le dije—. No se me había ocurrido.

—Hazlo. Te vas a acordar de mí.

Me levanté sin responder y me incorporé al animado grupo que celebraba nuestra llegada.

46.

Su primer amanecer en Kiev fue a horas avanzadas de la tarde siguiente. Estuvo bebiendo toda la madrugada con el Poeta, la mujer del Poeta y los amigos del Poeta. No paraba de hacer chistes, reírse y tomar vodka hasta que de pronto se desconectó. La resaca era violenta, le dolía la cabeza y tenía el estómago hecho añicos. En la cocina encontró a Natalia conversando con Mamá Nesia, una gorda horripilante. La reconoció, había estado en la fiesta de la noche anterior.

–¿Y el Poeta? –preguntó Alia venciendo las náuseas.

–Regresó a Moscú...

Natalia y la gorda la miraban esperando su reacción.

En el cubo de la basura, entre los desperdicios y sobras de comida, asomaba, marchito, un gran crisantemo blanco.

47.

Aunque su gordura y fealdad eran proverbiales, Mamá Nesia no se llamaba Mamá Nesia por el monstruo del lago Ness, sino porque su apellido comenzaba así. Era una mujer tosca, pero tras las doscientas libras de grasa movediza que formaban su cuerpo latía un noble corazón. Yo no tenía ánimos ni dinero como para volver a Moscú y al ver mi lamentable situación, Mamá Nesia me llevó a vivir con ella.

Por esas casualidades del destino, ella vivía en casa de Galina, la hermana del Poeta, alguien a quien jamás había oído mencionar. Galina se había peleado del hermano hacía muchísimos años, cuando él abandonó a la familia para irse a vivir con Natalia, y odiaba a muerte a la mujer que crió al Poeta, y al propio Poeta.

Aparte de Mamá Nesia, con ella vivía el gato Mañka, un animal serio y respetable que orinaba dentro de los zapatos sólo si los dueños le agradaban.

—Esta es la niña Alia de Moscú —les anunció Mamá Nesia a Mañka y Galina—. Se va a quedar con nosotros —su tono no admitía discusión.

Mamá Nesia tenía gran autoridad en casa de Galina. Galina me preparó una cama en la cocina y Mañka en señal de bienvenida me meó los zapatos.

Galina y Nesia trabajaban como profesoras en una escuela de artes plásticas. Pintaban cuadros expresionistas por las noches e intentaban venderlos en la feria en un cruce subterráneo de la calle Kreschátik, pero no les daba mucho resultado. Todo el mundo en Kiev vendía cuadros expresionistas. Yo les propuse hacer piezas de masa de cerámica, compramos harina, sal y entre las tres horneamos montones de muñecos. Se vendieron como pan caliente.

Después de la primera venta hicimos una fiesta. Nos emborrachamos, cantamos canciones rusas y ucranianas y acabamos llorando cada cual sus penas. Galina lloraba porque no encontraba al hombre de su vida, porque se estaba poniendo vieja y pronto no podría tener hijos, porque no sería ya una pintora importante y nunca viajaría a Italia para ver la capilla Sixtina, ni a Francia, ni a Japón. Nesia lloraba porque el hombre de su vida estaba casado, sólo podía verlo los miércoles de una a cuatro, porque era tan fea y gorda y porque no tenía casa propia ni dinero ni familia. Yo lloraba sin saber por qué, simplemente me sentía terriblemente desafortunada; y Mańka lloraba por nosotras tres.

Se acercaba el año del Dragón, 1988, e hicimos muchos dragones de masa de cerámica que la gente compraba esperando que el próximo año les traería la felicidad. La gente tenía muchas esperanzas para el futuro: que los cambios en el país conducirían a una prosperidad general, que se acabarían por siempre las mentiras y los manejos políticos, que publicarían todos los libros prohibidos y reivindicarían a todas las víctimas de la represión, que se abrirían las fronteras hacia Occidente y que cada cual gozaría de una libertad y dicha absolutas. Nosotras les vendíamos dragones de sal y harina y ellos ponían su fe en los dragones de sal y harina; estaban muy ávidos de fe. Estuvimos varias semanas vendiendo muñecos, bebiendo y llorando cada vez que bebíamos.

47.

El Poeta tenía razón, Kiev era una ciudad bella, de bellas personas. Sus iglesias ortodoxas, las cúpulas doradas, soberbios decorados y miles de campanas, y como reina de todas la catedral de Vladímir, con frescos originales de Vasñetsov, propugnaban la imagen de una vieja Rusia patriarcal, vigorosa y a la vez indulgente. Las callejuelas que subían y bajaban a orillas del solemne Dniéper, las modernas avenidas, los pequeños cafetines, el metro, los teatros, las plazas y los mercaditos: todo estaba saturado por el recuerdo de los orígenes de la nación.

Me gustaba caminar la ciudad al amanecer, cuando los árboles cubiertos de escarcha elevaban sus ramas como corales rosados bajo los rayos del sol naciente y la nieve caía en grandes copos derritiéndose al instante sobre el asfalto de las calles. Me gustaban las noches en Kiev, las luces de los establecimientos y los faroles, los anuncios, las guirnaldas en los árboles de Navidad y las estrellas que se veían más nítidas que en el norte. Me gustaban las tardes tan animadas y la gente apurada por comprar, por llegar, por encontrar. Me gustaba Kiev, me gustaba vivir en Kiev.

El fin de aquel año lo pasé con la sensación de estar en casa, con mi familia: Galina, Mamá Nesia y Mañka. Mientras tras la ventana estallaban los fuegos artificiales, y en el nuevo televisor a color comprado con el dinero de la venta de dragones crecían los números 1, 9, 8 y 8, nosotras tres bebíamos champán con un deseo escondido en el fondo de cada copa. El mío era tan simple como imposible: quedarme allí para siempre.

48.

—Esta es la niña Zoya de Kishiñov —nos anunció Mamá Nesia—. Vivirá con nosotros.

La empujó ligeramente para que entrara al apartamento y cerró la puerta. La niña Zoya, una muchacha de aproximadamente veinte años, nos miró a todos con una sonrisa beatífica, se quitó el abrigo, las botas y pasó cojeando ligeramente del pie izquierdo hacia la cocina. Galina le preparó una cama al lado de la mía y Mañka se metió en su bota derecha para orinar.

—Esta casa está maldita —me dijo Zoya cuando Nesia y Galina se acostaron en el cuarto.

—¿En qué sentido «maldita»?

—Hay una bruja aquí dentro. Alguien que hace daño. Trae mal de ojo.

—¿Cómo lo sabes?

—Desde pequeña percibo esas cosas.

—Yo no soy supersticiosa —respondí y me dispuse a dormir—. Estoy curada de espanto.

—Te lo voy a demostrar —dijo—. Sé algo de hechicería…

Otra loca, pensé. Los locos me persiguen… ¿Porqué me persiguen los locos? Di vueltas en la cama sin poder dormirme. Me inquietaba Zoya, sus palabras, había algo alarmante en su llegada, algo sumamente molesto.

Por la mañana al salir Galina y Nesia para el trabajo, Zoya clavó agujas de coser en el marco de la puerta de entrada y dibujó con ceniza cruces en todas partes.

—Estoy casi segura de que la bruja es Mamá Nesia. De ser así, más nunca podrá entrar a esta casa.

Se pasó el día entero hablando de nigromancia, de señales maléficas fáciles de reconocer, y modos efectivos para contrarrestar sus efectos. Por la tarde Galina regresó sola.

–¿Y Nesia? –le preguntó Zoya, echándome una mirada significativa.

–Fue a visitar a Natalia barriga de terciopelo –respondió Galina escéptica.

–Ella no volverá –aseguró Zoya.

Galina le sonrió como se les sonríe a los niños cuando estos dicen algo fuera de lugar y no le hizo más caso.

El resto del día lo pasamos en nuestros quehaceres habituales. La venta de muñecos había bajado considerablemente, el dinero no era suficiente para seguir manteniéndonos al ritmo de vida derrochador que teníamos, y nos dedicábamos a inventar otro tipo de cosas para ver si volvíamos a levantar. Galina estaba pintando postales muy kistch con rosas, gatos y ángeles, y yo modelaba ceniceros y candelabros de la masa de cerámica. Zoya tejía crochet con Mañka sobre las rodillas. Y Mamá Nesia no llegaba.

Cayó la noche. Afuera el invierno hacía de las suyas, la ventisca barría la nieve estrellando los copos como mariposas contra la ventana. Zoya intentaba entablar una conversación frívola, pero la tensión crecía. Era muy tarde cuando Galina al fin decidió que debíamos dormir. Estaba pálida y evitaba mirar a Zoya. Parecía estar disgustada incluso conmigo. Desde la cocina se le oía dar vueltas en su cama.

–¿Viste? –dijo Zoya–. Funcionó…

Mamá Nesia era mi amiga, yo la quería y no me alegraba para nada de que «funcionara»; hubiera querido defenderla, pero Zoya llamaba mi atención, despertaba la curiosidad, deseaba ser amiga suya y temía agredirla.

–Tal vez la cogió tarde y con este tiempo… Es posible que mañana vuelva… –dije tímidamente.

–¡Olvídalo! Esa no vuelve, aunque… –comenzó a responder Zoya cuando sentimos en la puerta la llave de Mamá Nesia.

48.

Mamá Nesia se encontró a Zoya en casa de Emmón (un borracho que la había recogido en la terminal sin dinero ni documentos) y se la llevó para casa de Galina porque Emmón la botaba de vuelta cada vez que se emborrachaba, o sea, todas las noches. Mamá Nesia era una mujer tosca, pero tras las doscientas libras de grasa movediza que formaban su cuerpo, latía un noble corazón.

Sin embargo, a partir de que Zoya se instaló en casa de Galina, la armonía que reinaba entre los que la habitaban comenzó a mermar perceptiblemente. Quizá Zoya no fuera la culpable de ese fenómeno, pero esos eran los hechos. Había poco dinero, poca comida, poca vodka y poca alegría. Alguien se debía ir, y ese alguien era Zoya. O Alia. O las dos. Esa idea al principio sólo se insinuó, luego tomó forma de comentario indirecto, hasta hablarse abiertamente.

Había pasado apenas una semana desde que Mamá Nesia llevó a Zoya a casa de Galina, cuando Galina las sentó y les planteó los hechos.

–Hay poco dinero, poca comida, poca vodka y poca alegría. Alguien se debe ir.

Había pasado apenas una semana desde que Mamá Nesia llevó a Zoya a casa de Galina, pero ya Zoya había conquistado la amistad de Alia. O viceversa. O mutuamente. Decidieron irse juntas.

Galina le regaló a Alia un viejo abrigo de piel artificial para que no pasara demasiado frío, unas medias de lana y un par de guantes. Mamá Nesia le regaló a Zoya un dragón de los que habían quedado sin vender para la buena suerte, y un beso de despedida a cada una. Nadie las invitó a volver ni de visita, al contrario, parecían aliviadas, como si estuvieran seguras de que con su partida volverían la armonía, el dinero, la comida, la vodka y la alegría. Mañka daba vueltas entre las cuatro frotándose contra las piernas y ronroneando.

Zoya fue la primera en salir, cojeando más que de costumbre. Alia se detuvo para acariciar al gato. Le había tomado cariño. También les había tomado cariño a Galina y a Mamá Nesia, pero no se detuvo a acariciarlas. Esos eran los hechos.

En la calle había mucho sol, y la nieve se estaba derritiendo.

49.

Nos fuimos directo para casa de Emmón, el que había recogido a Zoya en la terminal. «Él es buena persona», me decía ella por el camino, «lo que pasa es que cuando se emborracha, se le truecan los sesos».

La casa de Emmón era un apartamento pequeño y sucio cerca de la estación Lesnaya. Él, igual de pequeño y sucio, nos condujo al cuarto sin mostrar ni asomo de sorpresa. Tres de las paredes del cuarto estaban llenas de cintas magnetofónicas en estantes desaliñados. La cuarta pared llevaba pintado sin matices un paisaje bucólico de un lago, un bosque, un sol rojo poniéndose sobre el bosque, y tenía arrimada al paisaje una estrecha cama con dos mesitas de noche a ambos lados. Sobre una de las mesitas estaba la grabadora de cinta, sobre la otra, la botella de alcohol preparado.

Emmón buscó unos vasos empañados y sirvió los tragos, nos sentamos los tres en la cama a beber y a oír música. Había mucha buena música, la mayoría de grupos de rock desconocidos para mí. Emmón nos daba extensas conferencias sobre las características de cada grupo y también contaba chismes sobre la vida de sus integrantes. Resultaba entretenido y didáctico.

Me fijé con atención en ese tipo, no estaba mal; tenía una cara agradable, aunque envejecida prematuramente. Con un par de tragos más me acostaría con él encantada. Al rato Zoya anunció que tenía sueño, se fue a dormir en el sofá que estaba en el recibidor, y yo me dejé besuquear un rato por Emmón que no parecía demasiado borracho. Sus besos me excitaron muchísimo, sus besos y la música y el tiempo que llevaba sola me hicieron reaccionar con viveza. Lo tumbé sobre la cama, le desabroché la portañuela y me topé con su absoluta falta de erección. Luché larga y desesperadamente por combatir el problema, luché en vano. No había nada que hacer, salvo intentar dormir. «Tú verás mañana...», prometió Emmón, «mañana sí que nos daremos banquete...».

49.

Todas las mañanas antes de irse a trabajar Emmón deja preparado un bulto de cintas para que las escuchemos en su ausencia. Trabaja en algo relacionado con arreglos de grabadoras y televisores, y le dan una cierta cantidad de alcohol para limpiar los equipos, de la que siempre algo sobra. Creo que sobra la mayor parte, porque todas las tardes Emmón regresa a la casa con botella o botella y media de alcohol preparado. Cuando él llega, ya Zoya y yo hemos limpiado y ordenado su casa y cocinado cualquier cosa (Emmón no es muy exigente con la comida y nosotras, menos). Luego de comer, seguimos oyendo música y comenzamos a emborracharnos despacio.

Hasta ahí todo va divino, hubiéramos podido vivir así eternamente, si noche tras noche Emmón no intentara templarme con su pene blando y deforme. No se le para. Haga lo que haga, no se le para. Emmón se enfurece y llora, yo me enfurezco y termino masturbándome en el baño metida en el agua tibia de la bañera.

No aguanto más, me digo. Pero siempre aguanto otra noche y otra. Hasta que llega al fin el momento en que realmente no aguanto más. Rechazo sus caricias. «No me calientes por gusto», le digo, «eres un inútil-imbécil-impotente. Déjame en paz…». Me viro para el otro lado de la cama y me dispongo a dormir. De un empujón estoy en el piso: «¡En mi cama no te quiero!», grita. «¡En mi casa tampoco!».

Me levanto con toda la flema de la que soy capaz, me visto, despierto a Zoya que no comprende lo que sucede. «Por el camino te explico», le digo y nos marchamos. «¿Y ahora qué?» –Zoya me mira como si yo fuera culpable de que sean las tres de la madrugada y estemos en la calle y haga un frío de perros.

Me hace sentir culpable. «Si quieres, regresa», respondo con rabia y comienzo a andar.

50.

Después de pasar una noche torturante en la terminal de trenes le aseguro a Zoya que estoy cansada de tanta agitación e incertidumbre.

—¿Y qué piensas hacer? —pregunta Zoya irónica—. ¿Te meterás a monja?

—No me parece mala idea —respondo a la ligera y la miro sorprendida.

Ella también me mira analizando mis últimas palabras.

—Vamos —dice al fin—. Hay un convento por el Andréyevski Spusk.

—Tal vez es eso... —declaro, soñadora, mientras caminamos por la calle que apenas comienza a despertar—. Me he pasado la vida en busca de un lugar propio, de una identidad fantasma... Tal vez he nacido para servirle a Dios, para buscar la pureza en las oraciones y el claustro... Los hombres me hastían, la vida mundana me repugna, nada me sorprende ya, nada deseo... Sólo paz, esa paz que se encuentra en los templos, la penumbra, la dedicación a unos ideales sublimes...

Zoya no dice nada. Tal vez ni me escuche; tampoco me importa.

Nos acercamos al convento, atravesamos el portón semiabierto sin ser detenidas por nadie, y avanzamos por el sendero entre unos edificios de construcción antigua que se me antojan muy espirituales. De uno de los edificios sale una monja anciana.

—Buenos días —la saluda Zoya con su cándida sonrisa—. Nosotras queremos entrar al convento... ¿A quién tenemos que ver?

—Para entrar al convento deben ser muchachas buenas y obedientes. ¿Ustedes les hacen caso a sus mamás?

Las dos nos echamos a reír. Nos resulta sumamente graciosa la alusión a nuestras madres.

La monja pone cara de ofendida y se aleja en dirección contraria.

Seguimos avanzando. No le hacemos caso a nuestras madres, pero somos muchachas muy persistentes.

Una monja más joven sale de la iglesia que está al final del sendero y se nos acerca.

—No deben estar aquí. ¿Cómo entraron?

—Queremos ser monjas —respondo sencillamente—. Nos trajo Dios.

Ella nos observa un instante y luego nos manda a seguirla hasta donde la Madre Superiora, que nos pregunta los nombres, de dónde somos, y qué nos hizo tomar nuestra decisión. Explico más o menos lo que puedo sobre mi vida y luego por primera vez escucho la historia de Zoya.

La historia de Zoya

Zoya se rapaba la cabeza con la cuchilla del padre. Sólo se dejaba una fina trenza encima del cuello porque es bonito.

Con las temperas de su hermano se pintaba círculos verdes alrededor de los ojos, la boca la coloreaba en violeta delineándola en blanco.

Se prendía una argolla de la nariz.

Vestía un batón negro, sencillísimo, casi rudo.

Salía descalza.

Zoya conocía el precio del amor. De su amor.

Un caramelo la hora.

Cinco caramelos o un bombón la mamada.

Un paquete de galleticas por el culo.

Un paquete de galletas y otro de caramelos la noche completa.

Una caja de bombones a las mujeres.

Un cake a un grupo de más de tres.

Un cake helado si había animales.

No le temía a nada. A veces paseaba por el medio de la carretera y los autos tenían que esquivarla. Algunos chocaban y Zoya reía. Andaba cojeando un poco sobre el pie izquierdo. Cuando era muy pequeña se lo lastimó, y quedó lastimado para siempre.

¿Quieren escuchar la historia de mi pie izquierdo?

Había una vez un pie y ese pie era izquierdo y ese pie era mío. Era bueno y obediente, se comía la papa a la hora indicada y hacía pipi-caca en el orinal, nunca en los pantalones. Un día un hombre lo levantó mucho junto con la pierna y se acostó sobre él y saltó sobre él acostado y el pie se enfermó. Lloró y lloró y le cogió odio al hombre que no era malo, que era mi padre.

Tenía un grupo de amigos que la querían mucho y ella también los quería. A veces ellos pasaban hambre y ella les daba de sus dulces y ellos le regalaban pastillas y ella les regalaba su amor. Por turno.

Nunca le ha cobrado a ningún amigo ni a ninguna amiga, aunque el amor de Zoya con mujeres era más caro.

¿Quieren que les cuente la historia de mi primera mujer?

Yo era todavía una niñita y ella era grande. Cuando se bañaba me bañaba a mí también. Me lavaba el pipi mucho tiempo y también el suyo mucho tiempo, mucho tiempo. Quería siempre que yo se lo frotara con la lengua, pero sin jabón. Mi lengua era una buena esponja, se lo dejaba limpiecito, pero ella quería que se lo frotara más y más. Me lavaba mi pipi por dentro y también el culito. Eso dolía mucho y mi pipi y mi culito odiaron a la mujer que no es mala, que es mi madre…

—¡Basta! —casi grita la madre Superiora, interrumpiendo a Zoya que contaba su historia de lo más inspirada—. Vamos a aceptar eso de que Dios las trajo hasta aquí para que tomen el camino correcto… Oksana —se dirige a la monja que andaba con nosotras—, enséñales el convento y explícales las condiciones de nuestra orden. Después, si no se arrepienten, vuelvan para seguir conversando…

50.

Oksana es una mujer de unos veinticinco años. Tiene enormes ojos negros y dulce voz. Habla sobre la historia del convento y sobre sus tradiciones. Mientras habla, mira a las muchachas con sus ojazos y les sonríe. Alia también le sonríe, le cae bien, siente que Oksana será su amiga. Sueña con levantarse al alba y rezar mucho y pintar estampillas de los santos y tener muchas amigas monjas…

—Esta loma también pertenece al convento —dice Oksana—. ¿Quieren subir? Desde arriba todo se ve mejor…

Comienzan el ascenso. El camino está helado, Alia se resbala y cae sobre una rodilla con tan mala suerte que se la corta con un trozo de vidrio roto.

—¡Qué pena! —exclama Oksana—. ¡Vamos a curarte!

—No es nada —asegura Alia roja de vergüenza—. Una pequeña cortadita…

Pero la monja insiste y las conduce hasta su cuarto, sencillo e impersonal.

—Quítate las medias, estás sangrando…

Alia ve la minúscula gota de sangre, se encoge de hombros y se quita las medias. Oksana le acerca la única silla para que se siente, se arrodilla delante y limpia la sangre con un algodón. Zoya al lado de la ventana mira sus movimientos con una mueca escéptica. Oksana pasa el algodón con mucha delicadeza, luego vierte un líquido espeso y oloroso sobre la rodilla de Alia. Mirra, Alia reconoce el olor.

—¿Es un desinfectante?

—Enseguida se te sanará —asegura la monja con su voz afectuosa y pasa los dedos por la mirra derramada—. ¡Que piel más suave tienes!

Acaricia tiernamente la pierna de Alia, sube las manos hacia sus muslos y de repente comienza a hurgar en su entrepierna. Alia levanta los ojos, sorprendidos por la cara de éxtasis de Oksana, hacia los ojos aterrados de Zoya. Súbitamente Zoya se les acerca, agarra a Alia del brazo y la saca corriendo, corriendo, corriendo: fuera.

—¡Me iba a violar! —grita Alia riéndose a carcajadas.

—Cálmate —dice Zoya—. Estás histérica.

—¡Una mujer…! ¡Una monja…! —no puede parar de reír—. ¡Yo me iba a entregar a Dios…! ¡Buscaba la pureza…! —está tirada en el banco de un parque con las piernas sin medias azulosas del frío, y las carcajadas la sacuden violentamente.

—¿Me puedes hacer el favor de callarte? —le grita Zoya—. ¡Tenemos que pensar qué vamos a hacer…!

Alia sigue estremeciéndose hasta darse cuenta de que esa cosa caliente que le corre por las mejillas son lágrimas. Descubre que está llorando y se calma inmediatamente. ¿Por qué tendría que llorar? ¿Por quién?

51

–Sólo hasta mañana... –miré la cara odiosa de Natalia barriga de terciopelo sintiendo mi humillación dolorosamente. Pero no tenía otra salida y, en un final, fue a su casa donde me llevó el Poeta–. En un final, fue a tu casa donde me trajo el Poeta –dije con fingida humildad.

–Entra –Natalia se apartó de la puerta–. Sólo hasta mañana...

Zoya había vuelto para la terminal, no nos pusimos de acuerdo y acabamos bastante disgustadas.

Natalia se instala delante del televisor y se pinta las uñas con un esmalte malva chillón sin hacerme más caso.

–Voy a hacer una llamada –anuncio, y comienzo a marcar el número sin esperar respuesta.

–Hola, soy yo.

–¿Donde estabas metida, cabeza de culo? –saluda Alexey alegremente–. Pensé que hacía rato que te habías cortado las venas...

–Ganas no me han faltado –respondo feliz de oír su voz–. Necesito tu ayuda.

–¿Y cuándo no? ¡Dispara!

–Hace falta que me envíes a Kiev unos treinta rublos. Los necesito mañana.

–¿Qué tú haces en Kiev, locota?

–Cuando llegue a Moscú te cuento –respondo y cuelgo.

–Era una llamada de larga distancia –Natalia me fulmina con la mirada.

—Mañana te devuelvo el dinero...

—Seguro. De lo contrario, avisaré a la policía —vuelve a clavar la vista en el televisor.

En el televisor están poniendo un reportaje sobre el extraordinario aumento de población religiosa en el país.

52.

Alexey me abraza y no quisiera que me soltara jamás. Me suelta, me aparta y me mira con ojos llenos de alegría.

—Pareces una andrajosa —advierte.

Después de la habitual ceremonia del baño bebemos té en su cuarto, sentados sobre su cama, muy cerca, y le cuento por arribita mis últimas peripecias.

—¡Eres una demente! —exclama a cada rato—. ¡Estás chiflada! —y me estrecha contra su cuerpo.

—Te tengo una noticia —anuncia risueño cuando acabo mi relato.

—¿Buena o mala?

—Depende de cómo te la tomes...

Se levanta y me alcanza un papel. Reconozco un boleto de avión. Lo examino sin creerlo. Es un boleto de avión a mi nombre para casa de mi madre. Alexey me mira con expresión divertida. Puedo imaginar la mía. Estoy en shock.

—¿Te volviste loco? —digo.

—La loca eres tú —responde serio—. Recogí tu maleta en casa de Serguei, trabajo me costó... ¡A dormir ahora que mañana debemos levantarnos temprano! Haré una excepción contigo: te llevaré hasta el aeropuerto.

Me acuesto en la biblioteca, pero no duermo, no puedo dormir pensando en el regreso.

53.

Mi madre me recibe callada, amargada, envejecida. Indica con un gesto la puerta de mi habitación, y toma la maleta. Saludo a mis antiguos enemigos, los muebles de mi cuarto, paso las manos por las lisas bolas del respaldar de mi cama. Mi hermano me mira con curiosidad, pero tampoco me habla. Ha crecido, noto, está hecho todo un hombrecito.

—¿Tienes hambre? —pregunta ella—. ¿Quieres bañarte?

De pronto comprendo que está a años luz de mí y siento lástima. Esa mujer que llegué a odiar ya sólo me inspira compasión. Decido no tratarla mal, comprendo que no hay peor castigo que el que ella misma se impone.

—No, gracias. Prefiero salir a caminar...

Abandona el cuarto sin responder.

—Estoy tocando a Rachmáninov —anuncia mi hermano sin ton ni son.

—Me voy a cambiar de ropa —respondo y cierro la puerta.

Esta casa y su gente me deprimen.

Toco en el apartamento de Olga. Tengo una necesidad imperiosa de verla, de contarle todo lo que he vivido en el tiempo que ha pasado y que la limpieza de su mirada me absuelva. Me abre, me mira un instante como si no creyera verme y se abraza de repente con todo su cuerpo. Siento su cuerpo, tan delgado y frágil, estremecerse entre mis brazos, me percato de que llora y me quedo sin saber qué hacer. Pasa una eternidad antes de que me suelte, se seca las lágrimas.

—Pensé que habías muerto... Que nunca más te vería...

Olga cuenta con voz calmada cómo la violaron la noche en que me esperaba en la estación Tverskaya de Moscú, cómo tres tipos la arrastraron a un callejón oscuro y le arrancaron la inocencia mientras yo me emborachaba en la habitación de Liuba junto a dos cubanos, pensando justificarme con un cuento sobre una violación ficticia por no haber asistido a la cita. Tal vez si me hiciera algún reproche, si me culpara de algo, me sentiría mejor. Pero cada vez que me mira, sus ojos se iluminan.

–¡Has vuelto! –exclama.

Me roza el pelo con los dedos o el hombro, o la mano, como para asegurarse de que realmente estoy ahí.

No me quedan ganas de contar mis aventuras; entre el mudo reproche de mi madre, los intentos de acercamiento por parte de mi hermano y la feliz acogida de Olga, me hacen sentir como la última de las canallas.

Me muero por volver a irme. Una vaga decisión va madurando en mi cabeza. Huir, huir bien lejos, donde pueda comenzar de cero, donde nadie me conozca, ni me odie, ni me quiera, huir lo más pronto posible…

Esa misma noche llamo a Ernesto, el pariente cubano.

–¿Volviste por fin a casa? –dice.

Me percato de que está bien informado.

–¿Usted tiene contacto con Cuba? –voy al grano.

–Todas las semanas de aquí salen valijas diplomáticas, ¿por-qué?

–Necesito comunicarme con mi padre…

–Mándame la carta, yo se la haré llegar.

–Gracias –cuelgo. El corazón me late en la garganta.

—Podemos alquilar un apartamento, sólo para nosotras dos…

Estamos en la azotea de mi edificio. Olga hace castillos de aire y yo la escucho muriéndome de tristeza.

—Yo cocinaré, me gusta cocinar… O si no, comeremos fuera… Haré de retazos de telas un cojín grande para tirarnos juntas a leer o a ver películas…

El viento nos golpea con ráfagas irregulares, agita su larguísimo pelo y su oscuro sobretodo. Ella se sube en un muro, muy cerca del borde, y parece a punto de volar.

De pronto se me ocurre hablarle de Malena. Sin mirarla, en voz baja, le cuento la historia de mi primer amor. Yo tenía tres años y ella tenía tres años. Todos pensaban que éramos hermanas porque siempre nos veían juntas… Por primera vez en muchísimo tiempo me permito abrir la puerta tras la que guardo tanta nostalgia. Y contándole a Olga de Malena, comprendo que nunca la había olvidado, que nunca había dejado de amarla. «Pronto la veré», pienso con un estremecimiento, pero eso sí que no se lo confieso a Olga. ¿Cómo será nuestro encuentro?

53.

—Será nuestra casa —dijo Olga.

Estábamos en el mágico Olichar, bebiendo café turco y coñac, fumando, oyendo música exótica y soñando con una vida común.

—Me levantaré temprano a preparar el desayuno y me iré a trabajar. Cuando te despiertes, podrás pintar o escribir, o lo que quieras hacer...

—Pensar en ti —dije.

—Pensar en mí, si quieres. Y después nos reuniremos en el Metropolitan o en el Montecristo para almorzar...

—En el Bistrot —sugerí.

—En el Bistrot —sonrió—. Y por las noches...

La camarera, vestida de gitana, trajo la cuenta.

El pianista era rubio, delgado, pálido. Luego resultó también ser gago y adolescente, pero cuando lo vi de lejos tan rubio, tan delgado, tan pálido, me creí perdidamente enamorada. Tuve una fantasía erótica: hacíamos el amor sobre el piano. Mi hermano me había invitado al concierto y se lo agradecí mentalmente, mi hermano comenzaba a caerme bien.

El pianista gago vivía en un barrio desconocido de la ciudad. En una casa rodeada de árboles frutales y rosas. Eso dijo. Dejó la dirección y el teléfono. Hablamos como una hora (hablé yo, él no lo hacía muy bien) y comprendí que había seducido al pobre muchacho.

—Tú puedes ser su madre —dijo Olga disgustada.

—Hermana menor —la corregí.

Salimos a buscar la casa del pianista. Salimos de día, pero era ya de noche y no la habíamos encontrado. ¡Había tanta distancia entre una casa y otra! Todas estaban rodeadas de rosas y árboles frutales. Le conté a Olga cómo sería nuestro encuentro: él estará tocando piano a la luz de las velas, y lo veré por la ventana abierta, y sentirá mi presencia, y haremos el amor sobre el piano.

—¿Para qué pediste que te acompañara? —preguntó.

—A lo mejor él tiene un hermano...

La noche estaba sofocante. Una luna enorme y roja colgaba del cielo. Miles de ranas croaban a la luna como miles de perros hechizados convertidos en ranas.

—Debe haber un lago cerca —Olga entornó los ojos, soñadora—. ¿Te imaginas? Un lago con flamencos.

Encontramos la casa. No había ventanas abiertas, ni velas, ni música. Había una horrible mujer que nos echó, diciendo que el pianista no estaba y no sabía cuando...

—Es la bruja —explicó Olga.

—Es su amante —suspiré.

El Olichar lo descubrimos un día por casualidad. Andábamos por la ciudad y vimos un bar donde no había bar ninguno. Entramos y era mágico. Música árabe o hindú, la camarera estrábica vestida de gitana, la estufa centelleando en la penumbra, y un Arlequín de Picasso sobre la estufa. A partir de ese día fue nuestro. Nos apropiábamos de los lugares, nos regalábamos astros, mares, jardines ajenos y poemas.

Soñábamos con irnos a París. Sospechábamos que todo lo que uno desea se cumple. Quedamos en encontrarnos en un lugar determinado (lo nombraron en una película francesa que vimos juntas), aunque pasara cualquier cantidad de tiempo. Todos los días a las siete teníamos que ir ahí por si acaso nos veíamos.

—¿Y cómo te reconoceré?

—Llevaré un sobretodo al aire —respondí.

—Un sobretodo color terracota...

—Está bien —no conocía ese color, pero sonaba lindo.

Conocí a un viceministro retirado y solitario. Era viejo y gordo. Creo que era judío. Había muchas cosas ricas en su casa. Cuando Olga y yo andábamos por la ciudad y teníamos hambre y no teníamos dinero, íbamos para su casa. Así él tenía dónde amarrar la soledad. A veces nos quedábamos a dormir en su sofá. De repente él me preguntó si Olga y yo éramos pareja y me pareció tan alocada y graciosa la idea que asentí, aunque nunca me había pasado por la cabeza esa posibilidad.

Cuando dos meses más tarde el viceministro se suicidó, no tuve más lugar adonde ir a comer cositas ricas, amarrar la soledad ajena y fingir que éramos pareja.

Regresamos al barrio del pianista de día, no por el pianista, sino por el barrio, que era, sin dudas, mágico. Había un lago con patos, y muchas casas muy blancas con techos muy rojos, rosas de todos los colores y árboles de todas las frutas.

—Quiero vivir aquí —dijo Olga agarrando muy fuerte mi mano.

Comenzamos a preguntar en todas las casas si querían alquilarnos un cuarto. En la tercera o decimotercera un viejito con cara de científico nos ofreció el segundo piso completo. Brincamos y gritamos de tanta suerte y nos fuimos a celebrar para el Olichar. Nos mudábamos la semana entrante, pero yo desde hacía unos días tenía el pasaje para la Habana.

—Será nuestra casa —dijo Olga—. La llenaremos con cosas muy nuestras, con una atmósfera exclusiva… Velas, música, libros y flores… Y un perro para que se acueste a tus pies…

—No me gustan los perros —dije.

No quise decir eso. Quise decir que nunca sería nuestra casa.

No hice fiesta ni despedida. Llamé al pianista para decirle que no lo olvidaría jamás. Puse un ramo de gladiolos en la tumba del viceministro solitario. Visité a Liena en su casa, ahogada en el triste olor a geranios.

—¿Por qué no volviste? —le pregunté al fin—. Yo te necesité tanto…

No pensé que comprendería, pero parece que esperaba esa pregunta desde hacía mucho. Suspiró.

—Fue una cobardía de mi parte. Tu madre habló conmigo, explicó que nuestra amistad te hacía daño; yo era una adulta y tú, una niña… Dijo que te ponías nerviosa, dejabas de dormir… Me dio miedo…

—Yo simplemente te amaba…

—Eso fue lo que más me asustó. Y también a tu madre. Eres tan apasionada, tan impulsiva…

—Era. Ya no lo soy. Crecí…

Caminé mucho tiempo por la ciudad, entrando en sitios que eran míos. El último fue el Olichar. La camarera estrábica en short y camiseta me dijo que estaba cerrado. A sus espaldas vi la estufa eléctrica apagada y la burda copia del Arlequín me guiñó un ojo. «Vuelva mañana», dijo.

Pero mañana me iba.

54.

Olga abre la puerta y sonríe como lo hace cada vez que me ve.

—Mañana me voy —anuncio.

Sus ojos se hacen huecos, mientras la boca por inercia durante unos instantes mantiene la sonrisa.

—¿Mañana? —repite.

—¡Pero si tú sabías que yo me iba a ir! —grito—. ¡Sabías que nunca viviríamos juntas ni nada parecido! ¡Siempre lo supiste!

—Sí —responde con los ojos muy secos—, pero no lo podía creer...

Corre agitada por la habitación, descuelga adornos, saca libros de las repisas y prendas de las gavetas, lo amontona todo sobre la mesa.

—Llévate esto y esto y esto... ¿Quieres algo más?

—Olvídalo. No puedo, por el sobrepeso. Ya tengo listo el equipaje. Además de que no me gusta cargar con recuerdos...

—¿Nada? —su mirada de angustia me da rabia.

—¡Nada! Y no vayas a despedirme, me haces el favor...

—Alia, yo te quiero...

—¡Yo también! —respondo con violencia—. ¡Cuídate! —le doy un abrazo rápido y me marcho apurada.

Detesto las escenitas sentimentales.

Mi madre se sienta en una silla a la puerta de mi cuarto y observa cómo preparo las cosas. (Ella me mira desde el umbral, / ruega que lleve el paraguas, / que no ande muy tarde sola /

(¿que no ande muy sola tarde?), / que le escriba. / Me encajo las uñas / en la palma de la mano / para acabar de hacer la maleta.)

Mi hermano llora encerrado en el baño. Nunca hubiese imaginado a mi hermano capaz de llorar por mí.

—¡No quiero que nadie me acompañe! —les grito—. ¡Váyanse!

Me siguen a dos o tres pasos detrás. Mi madre, Liena, Olga y mi hermano. Caminan, como si cada cual estuviera solo. Es insoportable, ¿por qué lo hacen todo tan difícil? Me detengo y se detienen, avanzo y me siguen. Decido no volverme más y subo al andén.

Los veo desde la ventanilla. Los cuatro callados, mirando. El tren arranca, y de pronto Olga corre fuera de la estación, mi madre y mi hermano se abrazan y Liena levanta una mano. Enseguida los pierdo de vista.

Ernesto y Yara me esperan con un carro, me llevan a su casa, me dan café, hacen miles de preguntas que respondo al azar.

—¿Quieres salir a caminar Moscú antes de marcharte? —propone Ernesto.

Dispongo de todo el día y toda la noche hasta el viaje. Pero no me atrevo a salir, temo cambiar de parecer en el último momento. Miro el teléfono, pero me prohibo hacer ninguna llamada. Ninguna.

—Prefiero pasar el tiempo con ustedes —miento—. Me caen tan bien...

55.

El avión toma velocidad y Alia cierra los ojos.

Recuerda las clases de meditación impartidas por Ofelia, la lenta subida sobre la ciudad. El avión despega despacio. Sube poco a poco sobre Moscú y los moscovitas.

En un apartamento con decoración heterogénea Ofelia desnuda mira por la ventana y ve un avión. Prende una varita de incienso y reza un Padre Nuestro. El teléfono suena persistente, pero ella se hace la sorda. Esa no es una llamada que espera, hace mucho que dejó de esperar la llamada de su alumna.

En otro rincón de la capital un hombre con cara de caballo prepara el almuerzo para el amor de su vida y la mujer de turno del amor de su vida. Oye a Maxim y a Tania templar y se le ocurre masturbarse ahí mismo en la cocina. Revuelve el esperma con los espaguetis, echa salsa de tomate, el queso y apaga el fogón. Maxim llega al orgasmo casi al mismo tiempo en que Serguei termina de cocinar. «Soy bruja…», le confiesa Tania. Pero él sabe que sólo es una farsante, porque de lo contrario no la vería convertirse en cadáver ante sus ojos, al igual que todas las mujeres con las que se ha acostado después de Alia.

Liuba levanta la vista hacia el cielo, ve un avión, como otro cualquiera, y sigue el camino evitando pisar las rayas de la acera. Acaban de botarla de la Universidad. Por ausencias. Por conducta amoral. Por escándalo público. Piensa en volver a casa, buscar a Alfa, un par de gente más y armar un grupo divertido. «Alfa», piensa, «esa sí que sabe vivir…».

Una hippie se le cruza, la mira indiferente con sus ojos distintos (uno pardo y otro gris), y sigue andando ensimismada. Acaba de inyectarse una buena dosis de «medicina» en recuerdo de una amiga fugaz.

La tusovka de Arbat está más concurrida que nunca. Jijos, Ósip, Estrellita, el grupo de Pochi, Nik y Mila (que han perdido al bebé que esperaban, por supuesto), Snus, con Dog de una cadena, y muchos, muchos, muchos hippies más. Están sentados en el borde de la acera, conversan de vez en cuando, se aburren. «"El sistema" ha degenerado», dicen, «ya no es lo mismo». Sin embargo siguen ahí, esperando algo sin saber bien qué.

En Odintsovo estalla una crisis de histeria colectiva. Todos parecen haberse contagiado con epilepsia. Han fumado demasiado. Han templado demasiado. Han hablado demasiado. Sólo el Poeta mantiene la calma repitiendo una y otra vez «pero se reflejarán los ángeles en el agua...», aunque nadie le haga caso.

Alexey acostado, como de costumbre, marca el número de la casa de Alia, pero el teléfono le da ocupado. Insiste, no pierde la esperanza de que esa rara chiquilla en un futuro acabe de crecer y se convierta en verdadera amiga. «Tiene madera, la muy condenada», se dice, «se le siente la clase...».

Pero el teléfono le da ocupado no porque alguien esté hablando; la madre de Alia lo ha dejado descolgado, no quiere que la molesten para emborracharse bien borracha. El motivo es de peso: acaba de perder definitivamente a su hija. El hijo toca a Rachmáninov en el piano, es un buen muchacho y un buen pianista. La madre no se da cuenta de que el hijo ha puesto una grabación y en realidad está acostado mirando al techo. Hay muchas cosas que no comprende, muchas cosas que son difíciles de comprender. ¿Quién es su padre? ¿Quién es su madre? ¿Quién es su hermana? ¿Quién es él? Las preguntas como moscones le dan vueltas en la cabeza al son frenético del piano.

Otro que se está emborrachando violentamente en ese mismo instante es Emmón. Bebe y mira el cuadro pintado en la pared de su casa. «Le falta algo», piensa, «un venado o un cisne o... ¿una mujer?».

En otro extremo de Kiev dos mujeres están haciendo una limpieza general del apartamento. Botan cosas inútiles, de las que se acumulan sin explicación, y se topan de pronto con un deslucido dragón hecho de masa de cerámica. «Mira lo que encontré», dice Mamá Nesia. Galina lo va a tomar en las manos cuando de pronto salta desde un rincón el gato Mañka asustándolas a las dos. La pieza cae y se hace añicos.

En el mismo Kiev, por la zona del Kreschatik, Natalia anda desesperada en busca de su hija, que no durmió en casa anoche. A la hija de Natalia, sin embargo, no le ha pasado nada malo; a pesar de que es una criatura avispada, se fue de campismo con un grupo de amigos, y simplemente se olvidó de avisarle a la madre.

Cerca del Andreyevskiy Spusk Zoya atraviesa un portón semiabierto y avanza por el sendero. Viene a entregar su alma a Dios. Le sale más barato que seguir ofreciéndosela al diablo.

El Gitano en Israel, Elena en Odessa y Semión en Moscú sufren de un simultáneo dolor de cabeza. A Elena le da además un deseo súbito de ir a la orilla del mar y el Gitano sin razón alguna rompe todos los poemas que había escrito desde su salida de Rusia.

Mientras Elena se encamina hacia el mar, Vera dentro de un edificio enrejado mira al vacío con ojos vacíos. Después del tercer electroshock ha olvidado su doctrina. En la cama contigua Diana, vestida con una bata azul, canta la canción del submarino amarillo.

Entre Kazajstán y Kirguizia, en un sembrado de algodón acaban de encontrara el cuerpo sin vida de un hombre mayor, con grandes bigotes y pelo largo y grasiento. Está indocumentado y nadie sabe quién es ni de dónde viene.

En una pequeña ciudad de Rusia, en la azotea del edificio más alto, está sentada Olga. Pasó la noche ahí, pero no siente el transcurrir del tiempo; en realidad, no siente nada.

No muy lejos de allí, Liena riega sus geranios. Son sus únicos amigos. «Hay gente que nace con un destino dramático y viven una vida intensa, rozando los extremos de toda clase, aunque no lo pretendan. Hay otros seres que por mucho que luchen, su existencia es gris y yerma. Somos de los últimos…», les dice despacio, echándoles agua.

El avión rebasa el espacio aéreo de la Unión Soviética.

55.

Abro los ojos. Veo el deslizar suave por encima de las nubes. A dondequiera que miro, sólo nubes y nubes, como en un desierto nevado. La aeromoza sonriente se acerca con el carrito de las bebidas.

—¿Desea algo? —pregunta muy amable.

—Sí, por favor. Cianuro —respondo muy amable.

Me extiende un vaso con un doble de vodka.

—Esto le hará sentir mejor —asegura.

—Gracias —murmuro y me lo trago, pero no me siento mejor.

Allá abajo las nubes de mi infancia sobreviven.

Catálogo Bokeh

Abreu, Juan (2017): *El pájaro*. Leiden: Bokeh.

Aguilera, Carlos A. (2016): *Asia Menor*. Leiden: Bokeh.

— (2017): *Teoría del alma china*. Leiden: Bokeh

Aguilera, Carlos A. & Morejón Arnaiz, Idalia (eds.) (2017): *Escenas del yo flotante. Cuba: escrituras autobiográficas*. Leiden: Bokeh.

Alabau, Magali (2017): *Ir y venir. Poesía reunida 1986-2016*. Leiden: Bokeh.

Alcides, Rafael (2016): *Nadie*. Leiden: Bokeh.

Andrade, Orlando (2015): *La diáspora (2984)*. Leiden: Bokeh.

Armand, Octavio (2016): *Concierto para delinquir*. Leiden: Bokeh.

— (2016): *Horizontes de juguete*. Leiden: Bokeh.

— (2016): *origami*. Leiden: Bokeh.

Aroche, Rito Ramón (2016): *Límites de alcanía*. Leiden: Bokeh.

Barquet, Jesús J. (2018): *Aguja de diversos*. Leiden: Bokeh.

Blanco, María Elena (2016): *Botín. Antología personal 1986-2016*. Leiden: Bokeh.

Caballero, Atilio (2016): *Rosso lombardo*. Leiden: Bokeh.

— (2018): *Luz de gas*. Leiden: Bokeh.

Calderón, Damaris (2017): *Entresijo*. Leiden: Bokeh.

Díaz de Villegas, Néstor (2015): *Buscar la lengua. Poesía reunida 1975-2015*. Leiden: Bokeh.

— (2015): *Cubano, demasiado cubano. Escritos de transvaloración cultural*. Leiden: Bokeh.

— (2017): *Sabbat Gigante. Libro primero: Hojas de Rábano*. Leiden: Bokeh.

— (2018): *Sabbat Gigante. Libro segundo: Saigón*. Leiden: Bokeh.

Díaz Mantilla, Daniel (2016): *El salvaje placer de explorar*. Leiden: Bokeh.

FERNÁNDEZ FE, Gerardo (2015): *La falacia*. Leiden: Bokeh.

— (2015): *Notas al total*. Leiden: Bokeh.

FERNÁNDEZ LARREA, Abel (2015): *Buenos días, Sarajevo*. Leiden: Bokeh.

— (2015): *El fin de la inocencia*. Leiden: Bokeh.

FERRER, Jorge (2016): *Minimal Bildung. Veintinueve escenas para una novela sobre la inercia y el olvido*. Leiden: Bokeh.

GALA, Marcial (2017): *Un extraño pájaro de ala azul*. Leiden: Bokeh.

GARBATZKY, Irina (2016): *Casa en el agua*. Leiden: Bokeh.

GARCÍA, Gelsys (2016): *La Revolución y sus perros*. Leiden: Bokeh.

GARCÍA, Gelsys (ed.) (2017): *Anuncia Freud a María. Cartografía bíblica del teatro cubano*. Leiden: Bokeh.

GARRANDÉS, Alberto (2015): *Las nubes en el agua*. Leiden: Bokeh.

GINORIS, Gino (2018): *Yale*. Leiden: Bokeh.

GÓMEZ CASTELLANO, Irene (2015): *Natación*. Leiden: Bokeh.

GUERRA, Germán (2017): *Nadie ante el espejo*. Leiden: Bokeh.

GUTIÉRREZ COTO, Amauri (2017): *A las puertas de Esmirna*. Leiden: Bokeh.

HERNÁNDEZ BUSTO, Ernesto (2016): *La sombra en el espejo. Versiones japonesas*. Leiden: Bokeh.

— (2016): *Muda*. Leiden: Bokeh.

— (2017): *Inventario de saldos. Ensayos cubanos*. Leiden: Bokeh.

HURTADO, Orestes (2016): *El placer y el sereno*. Leiden: Bokeh.

JESÚS, Pedro de (2017): *La vida apenas*. Leiden: Bokeh.

INGUANZO, Rosie (2018): *La Habana sentimental*. Leiden: Bokeh.

KOZER, José (2015): *Bajo este cien*. Leiden: Bokeh.

— (2015): *Principio de realidad*. Leiden: Bokeh.

LAGE, Jorge Enrique (2015): *Vultureffect*. Leiden: Bokeh.

LAMAR SCHWEYER, Alberto (2018): *Ensayos sobre poética y política. Edición y prólogo de Gerardo Muñoz*. Leiden: Bokeh, Colección Mal de archivo.

MARQUÉS DE ARMAS, Pedro (2015): *Óbitos*. Leiden: Bokeh.

MÉNDEZ ALPÍZAR, L. Santiago (2016): *Punto negro*. Leiden: Bokeh.

MIRANDA, Michael H. (2017): *Asilo en Brazos Valley*. Leiden: Bokeh.

MORALES, Osdany (2015): *El pasado es un pueblo solitario*. Leiden: Bokeh.

— (2018): *Zozobra*. Leiden: Bokeh.

MOREJÓN ARNAIZ, Idalia (2018): *Una artista del hombre*. Leiden: Bokeh.

PADILLA, Damián (2016): *Phana*. Leiden: Bokeh.

PARRA, Yoan Miguel (2018): *Burdeos*. Leiden: Bokeh.

PEREIRA, Manuel (2015): *Insolación*. Leiden: Bokeh.

PÉREZ CINO, Waldo (2015): *Aledaños de partida*. Leiden: Bokeh.

— (2015): *El amolador*. Leiden: Bokeh.

— (2015): *La isla y la tribu*. Leiden: Bokeh.

— (2016): *Dinámica del medio*. Leiden: Bokeh.

PONTE, Antonio José (2017): *Cuentos de todas partes del Imperio*. Leiden: Bokeh.

— (2018): *Contrabando de sombras*. Leiden: Bokeh.

PORTELA, Ena Lucía (2016): *El pájaro: pincel y tinta china*. Leiden: Bokeh.

— (2016): *La sombra del caminante*. Leiden: Bokeh.

QUINTERO HERENCIA, Juan Carlos (2016): *El cuerpo del milagro*. Leiden: Bokeh.

RODRÍGUEZ IGLESIAS, Legna (2015): *Hilo + Hilo*. Leiden: Bokeh.

— (2015): *Las analfabetas*. Leiden: Bokeh.

RODRÍGUEZ, Reina María (2016): *El piano*. Leiden: Bokeh.

SÁNCHEZ MEJÍAS, Rolando (2016): *Mecánica celeste. Cálculo de lindes 1986-2015*. Leiden: Bokeh.

SAUNDERS, Rogelio (2016): *Crónica del decimotercero*. Leiden: Bokeh.

STARKE, Úrsula (2016): *Prótesis. Escrituras 2007-2015*. Leiden: Bokeh.

TIMMER, Nanne (2018): *Logopedia*. Leiden: Bokeh.

VALDÉS ZAMORA, Armando (2016): *La siesta de los dioses*. Leiden: Bokeh.

VILLAVERDE, Fernando (2016): *Los labios pintados de Diderot*. Leiden: Bokeh.

— (2016): *La irresistible caída del muro de Berlín*. Leiden: Bokeh.

WINTER, Enrique (2016): *Lengua de señas*. Leiden: Bokeh.

WITTNER, Laura (2016): *Jueves, noche. Antología personal 1996-2016*. Leiden: Bokeh.

ZEQUEIRA, Rafael (2017): *El winchester de Durero*. Leiden: Bokeh.

CPSIA information can be obtained
at www.ICGtesting.com
Printed in the USA
BVHW081955140421
604900BV00001B/156

9 789491 515347